KB102020

회귀자와 함께
살아가는 법

회귀자와 함께 살아가는 법 5

재미두스푼 현대 판타지 소설

초판 1쇄 찍은 날 § 2022년 4월 15일
초판 1쇄 펴낸 날 § 2022년 4월 22일

지은이 § 재미두스푼
펴낸이 § 서경석

총괄팀장 § 황창선
편집책임 § 이준영
디자인 § 스튜디오 이너스

펴낸곳 § 도서출판 청어람
등록번호 § 제387-1999-000006호
등록일자 § 1999. 5. 31
어람번호 § 제1-3179호

본사 § 경기도 부천시 부일로 483번길 40 서경B/D 3F (우) 14640
편집부 § 서울시 구로구 디지털로 272 한신IT타워 404호 (우) 08389
전화 § 02-6956-0531 팩스 § 02-6956-0532
http://www.chungeoram.com
E-mail § chungeorambook@daum.net

ISBN 979-11-04-92428-6 04810
ISBN 979-11-04-92411-8 (세트)

회귀자와 함께
살아가는 법

재미두스푼
현대 판타지 소설

MODERN FANTASTIC STORY

회귀자와 함께
살아가는 법

목차

Chapter. 1

　엄마는 언제나처럼 내게 절대적인 믿음과 지지를 보여 주었다.

　그래서 더 미안했다.

　엄마가 내심 바라 마지않는 사법 고시 합격과는 거리가 먼 삶을 살게 될 것이었기 때문이었다.

　그렇지만 난 굳이 그 사실을 밝히지 않았다.

　미리 사법 고시에 응시하지 않을 거란 사실을 알려서 엄마를 실망시켜 드릴 필요는 없다고 판단해서였다.

　"아버지는요? 제 성적표 보고 실망하지 않으셨어요?"

　"전혀 실망 안 하셨어."

"왜요?"

"네 아버지, 이제 진우 널 무조건 신뢰하거든."

'다행이네.'

내가 속으로 생각하며 엄마에게 다시 물었다.

"그런데 아버지는 아직 퇴근 전이세요?"

"오늘도 야근이시래."

"야근… 이요?"

"요새 네 아버지 매일 퇴근이 늦어. 회사에 일이 많은가 봐."

'이상한데?'

엄마는 아버지에 대한 신뢰가 백 퍼센트인 분이다.

아버지가 하는 말이면 팥으로 메주를 쑨다고 해도 믿을 분이 엄마다.

그래서 회사에 일이 많아서 야근한다는 아버지의 말을 철석같이 믿고 있었다.

그렇지만 난 엄마와 다르다.

경기가 최악으로 치달아 가고 있는 지금, 아버지가 근무하시는 삼환공업만 갑자기 일감이 늘어났을 리가 없기 때문이다.

'뭘 하시느라 퇴근이 늦으시는 거지?'

내 머릿속에 이런 의문이 깃들었을 때, 누나가 재촉했다.

"배고파 죽겠어."

"조금만 기다려. 금방 만들어 줄 테니까."

미리 슈퍼에 들러서 자파구리 재료를 구입해 왔다. 그래서 내가 자파구리 만들 준비를 서두를 때였다.

"이러지 말고 공유하는 게 어때?"

내 곁으로 다가온 누나가 넌지시 물었다.

"뭘 공유하라는 거야?"

"자파구리 레시피 말이야. 그럼 더 이상 집으로 찾아와서 자파구리 만들어 달라고 조르면서 귀찮게 안 할게."

누나가 호시탐탐 눈독을 들이고 있는 것은 자파구리 레시피였다.

그렇지만 난 단호하게 고개를 흔들었다.

"레시피 공유는 안 돼."

"왜 안 되는데?"

"세상의 균형이 무너질 수 있거든."

"뭐래?"

누나는 무슨 헛소리를 지껄이고 있느냐는 듯이 날 한심하게 바라보았다.

그렇지만 난 모른 척 외면하고 자파구리 만들기에 열중하기 시작했다. 그리고 내가 자파구리를 완성해서 접시에 담아 거실로 돌아왔을 때, 엄마와 누나는 TV에서 방영하는 예능 프로그램을 시청하고 있었다.

'강희 씨네.'

오늘 방송하는 '반가운 토크 쇼, 당신의 이야기를 들려주세요'라는 예능 프로그램의 게스트는 이강희였다.

'왜… 출연했지?'

그리고 예능 프로그램에 게스트로 출연해 있는 이강희의 모습을 발견한 내가 고개를 갸웃했다.

'반가운 토크 쇼, 당신의 이야기를 들려주세요' 측에서는 이강희를 섭외하기 위해서 꽤 오랫동안 공을 들였었다.

성관계 동영상이 공개된 후에 나락으로 떨어졌다가 여전사 이미지를 구축하며 극적으로 재기에 성공한 이강희의 인생 스토리가 무척 매력적이라고 판단했기 때문이었다.

하지만 이강희는 그동안 꾸준히 '반가운 토크 쇼, 당신의 이야기를 들려주세요' 측의 섭외 제안을 거절했었다.

당시의 일들을 예능 프로그램에 출연해서 풀어낸다면?

커다란 화제가 될 것이 자명했고, 그것에 부담을 느껴서였다.

그랬던 이강희가 '반가운 토크 쇼, 당신의 이야기를 들려 주세요'라는 예능 프로그램에 게스트로 출연해 있었다.

'왜 마음이 바뀐 거지?'

그 이유에 대해서 내가 고민할 때였다.

"그동안 저희 프로그램 피디님들과 작가님들이 이강희 씨를 게스트로 섭외하기 위해서 정말 애를 많이 썼습니다. 그런데 이강희 씨는 예능 프로그램 출연이 부담스럽다는 이유로 섭외 제안을 번번이 거절하셨죠?"

"제가 말주변이 워낙 없는 편이라서 그동안 예능 프로그램 출연을 꺼렸던 것은 사실입니다."

"솔직히 말씀드리면 MC인 저는 이강희 씨를 게스트로 섭외하는 것을 거의 포기했었습니다. 그런데 이강희 씨가 갑자기 마음을 바꾸신 덕분에 말 그대로 극적으로 출연이 성사됐습니다. 우선 MC로서 불편할 수도 있는 저희 프로그램에 출연하기로 어렵게 결정을 내려 주신 것에 감사드립니다."

"초대해 주셔서 감사합니다."

"그런 의미에서 먼저 이 질문을 드리지 않을 수가 없네요. 그동안 줄곧 저희 측의 섭외 제안에 퇴짜를 놓으셨던 이강희 씨가 저희 프로그램에 출연하기로 갑자기 마음을 바꾸게 된 결정적인 계기가 있습니까?"

'반가운 토크 쇼, 당신의 이야기를 들려주세요'의 MC를 맡고 있는 코미디언 김수근이 이강희에게 첫 번째 질문을 던졌다.

그 질문을 받은 이강희가 입을 뗐다.

"혹시 '은혜 갚은 까치'라는 동화를 알고 계시나요?"

"물론 알고 있습니다. 과거 시험을 보러 가던 선비가 구렁이에게 잡아먹힐 뻔한 위기에 처했던 까치를 구해 줬는데, 그날 밤 여자로 둔갑한 구렁이 아내가 남편 구렁이를 죽인 선비에게 보복을 하려고 하자 까치가 찾아와서 선비를 구해 줬다는 내용이죠."

"잘 알고 계시네요. 저는 그 동화 속 까치처럼 은혜를 갚기 위해서 출연을 결정했습니다."

"네?"

"이미 알고 계시는 저와 관련된 불미스러운 사건이 발생했을 때, 저는 절망했습니다. 당시에는 여배우 이강희의 인생도, 여자 이강희의 인생도 끝났다고 생각했거든요. 그래서 절망에 빠져 있을 때, 저를 물심양면으로 도와주셨던 분이 계십니다. 만약 그분이 아니었다면… 아마 저는 끝내 재기하지 못하고 쓸쓸히 연예계를 떠났을 겁니다. 그래서 항상 그분에게 고마운 마음을 갖고 있었는데 이번에 그분이 제게 주었던 도움에 조금이나마 보답할 수 있는 기회가 생겼습니다."

"아니지?"

TV에서 시선을 떼지 않은 채 누나가 내게 물었다.

"뭐가?"

"지금 강희 언니가 언급하고 있는 그분 말이야. 설마 너, 아니지?"

"아마 맞을걸."

"정말이야?"

"마저 보게 조용히 해 봐."

누나의 입을 다물게 만든 내가 다시 TV를 바라보았다.

"어떤 기회입니까?"

김수근이 다시 질문했고, 이강희가 대답했다.

"영화 출연이었습니다."

"어떤 작품인가요?"

"'IMF'라는 작품입니다."

'잘하네.'

'반가운 토크 쇼, 당신의 이야기를 들려주세요'에 게스트로 출연한 이강희가 꺼내는 이야기를 듣고 있던 내가 희미한 웃음을 머금었다.

처음부터 본인이 주연으로 참여한 영화인 'IMF'의 홍보를 위해서 예능 프로그램에 출연했다고 밝혔다면?

시청자들은 오히려 반감을 느꼈으리라.

그렇지만 이강희는 '은혜 갚은 까치'라는 구전 동화를 인용하면서 답변 순서를 재치 있게 바꾸었기에 시청자들은 반감을 품지 않을 가능성이 높았다.

오히려 그녀가 은혜를 갚기 위해서 주연으로 참여한 'IMF'라는 작품에 더욱 흥미를 느끼며 관심을 가지리라.

그때, 김수근과 이강희의 대화가 이어졌다.

"그럼 이강희 씨가 아까 말씀하신 'IMF'라는 영화 작품에 출연하신 겁니까?"

"맞습니다. 제가 주연으로 출연했습니다."

"그런데 이강희 씨가 'IMF'라는 작품에 주연으로 출연하신 것과 은혜를 갚을 기회라고 말씀하신 것 사이에는 어떤 연관성이 있는 겁니까?"

"아까 절망에 빠져 있던 제게 큰 도움을 주셨다고 말씀드렸던 분이 'IMF'라는 영화 작품의 제작에 깊이 관여했습니다."

"아, 그렇군요."

"그런데 'IMF'라는 영화는 투자를 유치하는 과정에서 많은 어려움을 겪었습니다. 그로 인해 최대한 제작비를 절감할 수밖에 없는 상황이었고요, 그래서 노 개런티로 작품에 출연하기로 결심했습니다."

"노 개런티로요?"

"네."

"이야, 노 개런티로 작품에 출연하는 것, 무척 어려운 결정이지 않습니까?"

"그렇습니다."

"그런데도 어려운 결정을 내리신 이유는요?"

"그분에게 은혜를 갚고 싶었던 마음이 컸으니까요. 그런데 'IMF'라는 작품의 시나리오를 읽고 난 후에는 이 작품에 꼭 출연하고 싶다는 욕심이 생겼습니다."

"시나리오가 아주 좋았나 보군요?"

"네. 정말 좋은 작품이었습니다."

"아까 그 작품의 제목이 'IMF'라고 말씀하셨죠? 이강희 씨가 이렇게까지 말씀하시는 걸 보니 저도 꼭 극장에서 보고 싶네요. 개봉이 언제입니까?"

'알고 있으면서.'

예능 프로그램에 작가가 괜히 있는 것이 아니다.

녹화 전에 이강희와 사전 인터뷰를 하고 자료 조사를 꼼꼼히 했을 터.

그러니 이강희가 주연으로 참여한 영화인 'IMF'가 이미 개봉했다는 사실을 프로그램 MC인 김수근이 모를 리 없었다.

즉, 지금 그는 모른 척 시치미를 뗀 채 질문을 던지고 있는 것이었다.

"개봉은… 이미 했습니다."

"네? 벌써요?"

"모르셨죠?"

"죄송한 말씀이지만 몰랐습니다."

"제게 미안해할 필요 없습니다. 대부분의 시청자분들도 제가 주연으로 출연했던 'IMF'라는 작품이 개봉했다는 사실을 모르실 테니까요."

"왜입니까?"

"아쉽게도 저예산 영화라 개봉관을 많이 잡지 못 했습니다. 그리고 홍보도 제대로 하지 못했죠. 그렇지만 배우 이강희의 이름을 걸고 분명히 말씀드리겠습니다. 저예산 영화라는 것이 믿기지 않을 정도로 아주 재미있고 완성도도 높은 영화이니까 여러분들께서 많이 찾아와서 봐 주셨으면 합니다."

'은혜를 갚은 셈이네.'

이강희가 계속 출연을 거절했던 '반가운 토크 쇼, 당신의 이야기를 들려주세요'라는 예능 프로그램에 갑자기 마음을 바꿔

서 출연한 이유.

내가 제작한 'IMF'의 홍보를 위해서임을 알아채지 못할 정도로 내가 눈치가 없지는 않았다.

그래서 이강희에게 새삼 고마운 마음이 들었다.

'이게… 반전의 계기가 될 수도 있겠네.'

매스컴의 힘은 아주 크다.

대명일보 경제면에 실린 'IMF'라는 작품에 대한 함유석 교수의 소개와 추천사가 반전의 시발점이라면, 인기 예능 프로그램에 출연한 이강희의 작품 홍보는 반전의 계기가 될 가능성이 충분했다.

그래서 TV에서 시선을 떼지 못하던 난 누나가 보내는 강렬한 시선을 뒤늦게 느끼고 고개를 돌렸다.

"왜 그렇게 봐?"

내가 묻자, 누나가 심각한 표정으로 물었다.

"TV에 정신 팔려서 그렇게 멍하니 서 있으면 어떡해?"

"……?"

"면 다 불었을 것 아냐?"

*　　　　*　　　　*

"진우, 왔구나."

아버지가 집에 돌아온 시간은 밤 11시가 다 돼서였다.

"늦어서 미안하다. 요새 회사에 일이 많아서 도저히 일찍 퇴근할 수가 없었다. 그래서 통닭 한 마리 사 왔으니까 늦었지만 애비랑 같이 술 한잔하자."

'아버지, 저는 안 속습니다.'

아버지가 누나와 엄마는 속일 수 있을지 몰라도 난 아니다.

그래서일까.

오랜만에 아버지와 함께 소주잔을 기울이고 있음에도 전혀 즐겁지 않았다. 그리고 누나도 즐겁지 않은 것은 마찬가지였다.

"아빠, 요새 왜 맨날 통닭만 사 와?"

"통닭이 어디가 어때서?"

"매일 먹어서 이제 물린다니까."

누나는 아버지가 안주로 사 온 통닭에 불평을 늘어놓았다.

'매일 통닭을 사 오신다?'

그 불평을 무심코 흘려듣지 않고 내가 두 눈을 빛냈을 때였다.

"피곤해서 안 되겠다. 나 먼저 들어가마."

자정이 가까워지자, 아버지는 무거워진 눈꺼풀을 견디기 힘든 듯 먼저 안방으로 들어가셨다.

"나도 들어가서 잘래."

누나도 자기 방으로 들어가고 난 후, 난 슬그머니 일어났다. 그리고 아버지가 벗어 둔 작업복 상의를 집어서 코에 가져다

댔다.

쿵쿵.

아버지의 작업복 상의에 밴 냄새.

익숙한 쇠 내음이 아니었다.

느끼한 기름 냄새가 잔뜩 배어 있었다.

'짐작대로네.'

그 기름 냄새를 맡은 후, 내가 한숨을 내쉬었다.

아버지가 매일 통닭을 사서 집에 들어오시는 이유.

당신의 몸과 옷에 잔뜩 배어 있는 기름 냄새를 들키지 않기 위함이었다.

'치킨집 개업을 하기 위해서 준비를 하시는 거야.'

비록 직접 눈으로 확인하지는 않았지만, 충분히 유추가 가능했다. 그리고 가장 우려했던 방향으로 상황이 흘러간다는 사실을 깨달은 내가 자책했다.

"더 신경 썼어야 했어."

분당에 집을 구입해서 독립한 후, 바쁘다는 이유로 본가에 거의 들르지 못했다. 그렇게 신경을 못 쓴 사이 아버지는 이미 회사를 퇴직한 후에 치킨집을 개업할 계획을 세우고 준비를 몰래 시작한 것이었다.

"불행 중 다행인 건… 너무 늦지는 않았다는 점이네."

아직 아버지가 준비하는 치킨집 개업을 막을 수 있는 기회가 남아 있다는 사실에 안도하며 난 술상을 정리하고 계신 엄마에게 다가갔다.

"엄마, 술친구가 없네요."

"응?"

"혼자 마시기 적적해서요. 엄마가 친구 좀 해 주세요."

"무슨 할 말 있어?"

내 표정이 심상치 않음을 알아챈 엄마는 술상 정리를 멈추고 맞은편에 앉았다.

"보자, 안주가 마땅찮네. 김치찌개라도 데워 줄까?"

"괜찮아요. 그보다… 엄마에게 궁금한 게 있어요."

"뭔데?"

"아버지는 꿈이 뭐였어요?"

"응?"

"아버지 꿈이 지금처럼 직장인이 되는 것은 아니었을 거잖아요. 혹시 아버지 원래 꿈이 뭐였는지 알고 계세요?"

무려 두 번씩이나 아버지의 아들로 살고 있음에도 불구하고, 난 그의 꿈이 무엇인지 알지 못했다. 그래서 아버지의 꿈이 무엇이었냐고 질문하자, 엄마가 한참 기억을 더듬은 후 입을 뗐다.

"네 아버지, 그림 그리는 것을 아주 좋아했어."

"네?"

전혀 예상치 못했던 이야기.

그래서 내가 당황하며 다시 물었다.

"그럼 아버지 꿈이 화가였어요?"

"아니, 화가가 꿈은 아니었어."

"하지만 조금 전에 그림 그리는 걸 좋아하셨다고……."

"만화가가 꿈이었어."

"만화가요?"

"그런데 엄마랑 결혼하자마자 네 누나가 생긴 거야. 그래서 먹고살기 위해서 만화가가 되겠다는 꿈을 포기하셨던 거지."

'그랬구나.'

지금껏 전혀 몰랐던 사실을 알게 된 내가 맥주를 한 모금 마셨을 때였다.

"그래도 꿈을 포기하기는 쉽지 않았었던 것 같아. 그래서 결혼하고 난 후에도 한동안 만화책을 종종 보셨어."

'만화가가 꿈이었다?'

난 아버지가 치킨집을 개업하는 것을 무조건 막을 생각이었다.

그렇지만 계속 고민하던 부분은 치킨집 개업을 막고 나면 아버지가 마땅히 할 일이 없어진다는 점이었다.

'일은 계속하셔야 해.'

오랫동안 직장을 다니던 이들이 회사에서 퇴직한 후에 갑자기 빨리 늙고 몸이 아픈 것.

뒷방 늙은이가 됐다는 자괴감 때문이었다.

그래서 아버지는 앞으로도 계속 일을 하셔야 했고, 기왕이면 아버지가 좋아하는 일을 하셨으면 하는 바람을 난 갖고 있었다.

"안 어울리지?"

잠시 후 엄마가 던진 질문에 내가 희미하게 웃으며 입을 뗐다.

"처음엔 아버지와 만화가라는 꿈이 전혀 안 어울린다고 생각했는데… 다시 생각해 보니 무척 잘 어울리는 것 같기도 하네요."

*　　　*　　　*

꾹, 꾸욱.

정성을 다해서 펜을 움직이던 한미선이 펜을 움켜쥔 손에서 힘이 빠져나가는 것을 느끼고 가쁜 숨을 몰아쉬며 벽에 등을 기댔다.

"어서… 마무리해야 하는데."

출판사 만화 챔프에서 주최한 챔피언 만화 작가 공모전의 마감이 일주일 앞으로 다가와 있었다.

올해 남아 있는 마지막 공모전

그런데 아직 공모전 요강에 적시된 최소 분량을 채우지 못했기에 한미선은 무척 마음이 급했다.

하지만 급한 마음과 달리 펜을 움켜쥔 손에는 힘이 들어가지 않았다.

"더는 안 돼."

자칫 잘못하여 펜을 손에서 놓쳐 삐끗한다면 오늘 하루 종일 매달려서 그린 그림을 망칠 수도 있다는 우려가 든 한미선이 펜을 내려놓고 자리에서 일어섰다.

"뭘 좀 먹어야겠어."

생각해 보니 며칠 동안 먹은 게 거의 없었다.

라면이라도 끓여 먹을 요량으로 찬장을 열어서 살펴보았지만, 마침 라면도 떨어진 상태였다.

"슈퍼에 가야겠네."

다리가 후들거릴 정도로 체력은 바닥나 있었다.

난관을 붙잡고 계단을 올라오는 데 성공한 한미선이 근처 슈퍼마켓을 향해 힘겹게 걸음을 옮기기 시작했을 때였다.

왜애앵.

요란한 굉음이 귓속으로 파고들었다.

굉음이 들려오는 방향으로 급히 고개를 돌렸던 한미선의 눈에 무서운 속도로 다가오는 중국집 배달 오토바이가 보였다.

"어… 어……."

당황한 한미선이 중국집 배달 오토바이를 피하기 위해서 뒷걸음질 치다가 돌부리에 발이 걸렸다.

쿵.

중심을 잃고 뒤로 넘어진 한미선이 벽에 머리를 찧었다.

가뜩이나 바닥난 체력에 뒤통수에 충격까지 더해지자 정신이 혼미해졌다. 그리고 숨이 가빠지기 시작했다.

이대로는 정말 죽을지도 모른다는 생각이 들어서 공포심을 느낀 한미선이 소리쳤다.

"살려… 살려……."

크게 살려 달라고 외치고 싶었는데.

마음과 달리 입 밖으로 새어 나오는 소리는 작았다.

그때였다.

"한미선 작가님, 괜찮으세요?"

누군가가 물었다.

'살았다!'

신원 미상의 남자가 다가와 괜찮냐고 질문하는 것을 들은 순간, 한미선은 살았다는 생각이 들어 안도했다.

그러나 그도 잠시.

'그런데… 내 이름을 어떻게 아는 거지?'

퍼뜩 머릿속에 깃든 의문을 마지막으로 한미선이 의식을 잃었다.

＊　　　＊　　　＊

〈정부도 언론도 쉬쉬하며 감추고 있는 진실을 다룬 용감한 영화 'IMF'. 입소문을 타고 상영관이 늘어났다.)

'IMF'가 입소문을 타면서 상영관이 늘어나고 있다는 기사를 확인한 이현주가 댓글 반응을 살폈다.

—우리가 꼭 알아야 할 대한민국 경제의 위기 상황을 다룬 작품.

—용기 있는 작품, 그리고 우리가 꼭 봐야 할 작품.

—아프고 무섭지만, 현실로 다가올 수도 있는 우리의 미래.

—영화 보고 난 후, 공포 영화도 아닌데 무서워서 닭살 돋았음.

—무조건 봐라. 이 작품을 봐야만 대한민국의 현재와 미래를 읽을 수 있다.

—아직 안 본 사람 있으면 꼭 보세요. 아니, 무조건 봐야 합니다.

"결국⋯ 서 대표 말처럼 됐네."

처음 서진우가 집필한 'IMF' 시나리오를 읽었을 때, 이현주는 흥행이 힘들 것이라고 판단했다.

그런 그녀의 예상처럼 'IMF'는 흥행성이 낮다는 평가를 받으며 투자 유치 과정에서 어려움을 겪었고, 결국 저예산 영화로 제작하기로 결정한 순간 이현주는 흥행에 대한 기대를 거의 접었다.

하지만 서진우의 생각은 달랐다.

끝까지 흥행에 대한 자신감을 내비쳤다.

그런 서진우의 자신감을 아무 근거 없는 자신감이라고 여겼는데.

개봉 초기, 상영관을 거의 확보하지 못했던 데다가 홍보도 하지 못해서 고전하던 'IMF'는 개봉 2주 차에 접어들면서 반전을 만들어 냈다.

주연 배우 이강희가 여러 예능 프로그램에 출연하면서 작품을 홍보한 덕에 대중들의 관심이 커졌고, 함유석 교수를 비롯한 여러 경제 전문가들이 'IMF'를 극찬하며 추천하는 상황이 벌어지면서 상영관이 늘어난 것이었다.

현재 'IMF'의 서울 관객 수는 4만 명.

작품이 개봉 3주 차에 접어들었다는 점을 감안하면 많은 관객을 동원한 것은 아니었다.

'텔 미 에브리씽'과 비교하면 엇비슷한 시기에 약 1/10 수준의 관객을 동원한 것에 불과했으니까.

그렇지만 고무적인 부분은 분명 여럿 있었다.

우선 입소문을 타면서 'IMF'의 상영관이 점점 늘어나고 있다는 점이었다. 그리고 개봉 첫 주에 비해 2주 차에, 또, 2주 차에 비해 3주 차에 접어든 후에 관객 수가 가파르게 늘어난다는 점도 무척 고무적인 부분이었다.

"손익 분기점은 이미 넘겼어."

이현주의 입가에 미소가 걸렸다.

상업 영화 제작자 입장에서 가장 중요한 것 중 하나가 작품이 손익 분기점을 넘길 수 있느냐의 여부였다.

그런데 'IMF'는 워낙 제작비가 적게 들었던 덕분에 일찌감치 손익 분기점을 넘긴 상황이었다.

결과적으로는 서진우의 계산이 옳았던 셈이었다.

잠시 후, 이현주가 휴대 전화를 들었다.

"서 대표, 이번에도 터진 것 같다."

서진우에게 전화를 건 이현주가 기쁜 소식을 전했다.

"상영관도 빠르게 늘고 있고, 객석 점유율도 높은 편이야. 또, 관객들 평도 아주 좋은 편이고. 이대로라면 전국 관객 백만을 동원할 수 있을지도 몰라."

독립영화급 저예산 영화로 전국 관객 백만 명 이상을 동원하는 것.

기적이나 다름없는 대단한 성과였다.

그래서 서진우가 무척 기뻐하는 반응을 기대했는데.

"다행이네요."

서진우에게서 돌아온 반응은 이현주의 기대에 한참 미치지 못했다.

"그게… 다야?"

"네? 네."

"서 대표, 나 또 서운해지려고 그런다."

"왜 서운하신 겁니까?"

"나만 좋아하니까."

"……?"

"서 대표도 'IMF' 공동 제작자인데 '텔 미 에브리씽' 때처럼 꼭 남의 일처럼 반응하는 것 같아서 말이지."

이현주가 서운함을 토로하자, 서진우가 대답했다.

"저도 좋습니다."

"그런데 반응이 너무 약하잖아?"

"그럴 만한 사정이 있습니다."

"사정이 있다니? 무슨 사정?"

"지금 병원입니다."

"병원이라고?"

깜짝 놀란 이현주가 서둘러 다시 물었다.

"서 대표, 어디 아파?"

"제가 아픈 건 아닙니다."

"그럼 누가 아픈데? 부모님?"

서진우가 대답했다.

"아니요. 제가 아는 작가님이 영양실조와 과로로 입원해 있습니다."

*　　　　*　　　　*

한주병원 1인실 병실.

심각한 영양실조에 과로까지 겹친 탓에 의식을 잃고 쓰러졌던 한미선 작가는 수액을 맞으면서 아직 잠들어 있었다.

병실에 비치되어 있는 소파에 앉아 있던 난 눈앞에 연달아 떠오르고 있는 메시지에 정신이 팔렸다.

─선행 포인트를 획득했습니다. 1포인트를 획득했습니다.

처음 선행 포인트를 획득했다는 메시지가 떠올랐을 때, 난 길에서 의식을 잃고 쓰러졌던 한미선 작가를 구했기 때문이라고 생각했다.

하지만 지금은 생각이 바뀌었다.

그 이유는 눈앞에 같은 메시지들이 연달아 떠올랐기 때문이었다.

─선행 포인트를 획득했습니다. 1포인트를 획득했습니다.
─선행 포인트를 획득했습니다. 2포인트를 획득했습니다.
─선행 포인트를 획득했습니다. 1포인트를 획득했습니다.

한두 시간 간격으로 1포인트, 혹은 2포인트의 선행 포인트를 획득했다는 메시지가 반복적으로 떠올랐다.

그래서 난 선행 포인트를 획득했다는 메시지가 떠오르는 것이 한미선 작가를 구했기 때문이 아니라는 결론을 내렸다.

"내가 한미선 작가를 구한 것은… 결국 내 이득과 관련이 되니까 선행 포인트가 주어질 가능성이 낮아."

수액을 맞으며 잠들어 있는 한미선 작가를 내려다보면서 혼잣말을 꺼냈다. 그리고 내게 계속 선행 포인트가 주어지고 있는 이유에 대해서 한참을 고민한 끝에 내가 찾아낸 답은 'IMF'였다.

내가 'IMF'라는 작품을 제작해서 이 시기에 개봉한 이유.

대한민국 국민들에게 머잖아 IMF 구제 금융 사태가 발발할 수도 있다는 경고를 하기 위함이었다. 그리고 'IMF'라는 작품을 관람한 관객들은 대한민국 경제가 처해 있는 위중한 상황을 깨닫고 난 후, 나름의 대비를 할 터.

그들 중 일부는 'IMF'라는 영화를 제작해서 최악의 상황에 대비할 수 있는 기회를 선사해 준 내게 고마운 마음을 가졌을 확률이 충분했다.

그래서 선행 포인트를 획득하고 있는 것이라고 판단한 것이었다.

"이건 대체 무엇에 쓰는 물건일까?"

선행 포인트를 획득한 것.

이번이 처음이 아니었다.

송지희를 도와주었을 때도 10포인트의 선행 포인트를 획득했었다.

―현재까지 누적된 선행 포인트는 87포인트입니다.

그 후로도 꾸준히 선행 포인트를 획득한 덕분에 지금까지 누적된 선행 포인트는 87포인트였다.

그러나 문제는 이렇게 획득한 선행 포인트의 사용처를 모른다는 점이었다.

"하여간 참 불친절해."

명색이 선행 포인트인 만큼, 비록 용처는 알지 못해도 계속 쌓아두면 내게 손해는 아닐 거란 결론을 막 내렸을 때였다.

"으음."

한미선 작가가 깨어났다.

눈꺼풀을 힘겹게 밀어 올리고 주위를 두리번거리며 살피는 그녀에게 내가 말했다.

"작가님, 정신이 드세요?"

"네? 네. 그런데 여긴……?"

"병원입니다."

"병원… 이요?"

"한미선 작가님이 길에서 의식을 잃고 쓰러졌고, 제가 마침 근처를 지나가다가 발견해서 병원으로 모셔 왔습니다. 혹시 당시의 상황이 기억나십니까?"

미간을 찌푸린 채 한참 기억을 더듬던 한미선 작가가 입을 뗐다.

"배달 오토바이, 아! 대충 기억이 나요."

"의사 말로는 영양실조인 데다가 과로가 겹쳐서 한미선 작가님의 몸이 극도로 쇠약해진 상태라고 했습니다."

"그렇군… 제가 입원한 지 얼마나 됐죠?"

"반나절 정도 지났습니다."

"그렇게 오래됐어요?"

한미선 작가는 본인이 입원한 지 반나절가량 지났다는 이야기를 듣고 무척 당황한 기색이었다.

벌떡.

그런 그녀가 몸을 일으키며 소리쳤다.

"가야 해요."

"네?"

"퇴원해야 한다고요. 빨리 집에 가서 하던 작업을 마무리해야 해요. 그렇지 않으면 공모전에 낼 원고 마감을 못 해요."

무척 조급한 기색의 한미선 작가는 수액 주사 바늘을 빼려고 시도했지만, 내가 그녀를 만류했다.

"안 됩니다."

"네?"

"절대 안정이 필요한 상태라고 했습니다."

"하지만……."

"지금 무리하면 더 큰일이 생길 수도 있다고도 했고요."

"더 큰일이요?"

"죽을 수도 있다고 했습니다."

"……?"

"공모전이 죽고 사는 문제보다 더 중요한 것은 아니지 않습니까?"

내 말에 가타부타 대답하지 않고 한미선 작가는 멍하니 앉아 있었다.

주르륵.

그런 그녀가 갑자기 눈물을 쏟아 내기 시작했다.

"왜 우는 겁니까?"

"이게… 마지막 기회였거든요."

"마지막 기회요?"

"만화를 계속 그리고 싶어요. 그렇지만 현실적인 부분도 감안하지 않을 수는 없어요. 그래서 올해까지만 도전해 보고… 그래도 안 되면 꿈을 접기로 결정했어요. 그리고 올해 남은 공모전은 이게 마지막이에요. 그래서 이대로 포기하기에는… 공모전에 작품을 제출조차 해 보지 못하고 이렇게 끝이 나는 건……."

아쉬움이 너무 커서일까.

한미선 작가는 하려던 말을 끝마치지 못하고 오열했다.

난 그녀의 오열이 멈출 때까지 조용히 기다렸다. 그리고 오열하는 한미선의 모습에서 겹쳐진 것은 아버지였다.

'아버지도 만화가라는 꿈을 포기할 때 비슷하지 않았을까?'

물론 아버지가 오열하는 모습은 상상이 가지 않는다.

그렇지만 꿈을 포기하는 것은 누구에게나 무척 힘든 일이다.

꿈을 포기하는 결정을 내리기 전까지 숱한 밤을 하얗게 새우며 소주를 들이켰을 아버지의 모습이 떠오른 순간, 가슴 한켠이 아려 오는 것은 어쩔 수 없었다.

그때였다.

"죄송합니다."

오열을 그친 한미선 작가가 정신이 든 듯 사과했다.

"처음 보는 분에게 갑자기 이런 이야기를 막 해서."

"괜찮습니다."

"그런데… 누구세요?"

그리고 어느 정도 진정이 되자 그녀는 마침내 내 정체를 궁금해했다.

"서진우라고 합니다. 우연히, 아니, 운 좋게 한미선 작가님이 쓰러지는 것을 발견해서 도움을 드릴 수 있었죠."

"아, 네. 감사합니다. 그런데… 절 어떻게 알고 계세요?"

일단 감사 인사를 건넸던 한미선 작가가 이해가 가지 않는다는 표정으로 물었다.

"제가 좋아하는 작가님이거든요."

"네?"

"'생쥐의 모험'이라는 작가님의 작품을 좋아했습니다."

'생쥐의 모험'은 한미선 작가의 입봉작.

그 작품을 언급하자 한미선 작가가 뺨을 붉히며 입을 뗐다.

"그 작품은 알고 있는 사람이 드문데."

그녀의 말이 옳았다.

지금 한미선 작가가 공모전에 도전하고 있다는 것.

그녀의 입봉작이었던 '생쥐의 모험'이 인기를 얻지 못했다는 증거였다.

솔직히 말하면 나도 '생쥐의 모험'이라는 작품을 지난 생에는 읽어 본 적이 없다.

한미선 작가가 매체와 했던 인터뷰를 통해서 그녀의 입봉작이 '생쥐의 모험'이란 것을 알게 됐을 뿐이었다.

그렇지만 이번 생은 다르다.

난 한미선 작가의 입봉작인 '생쥐의 모험'을 읽어 보고 찾아온 후였다.

"아주 재밌었습니다."

"네? 네."

"그리고 그 작품을 읽고 난 후 꿈을 꾸게 되었습니다."

"꿈이요?"

"그렇습니다."

"어떤 꿈을 꾸었다는 말씀인가요?"

"제가 제작하고 싶다는 꿈이요."

내 말뜻을 제대로 이해 못 한 한미선 작가는 멍하니 바라보고 있었다.

"아, 일단 명함부터 받으시죠."

그 반응을 통해서 너무 서둘렀다는 사실을 알아챈 내가 명함을 건넸다.

"레볼루션 필름 대표 이사 서진우?"

"대충 짐작하셨겠지만 영화 제작사의 대표를 맡고 있습니다."

"아!"

"혹시 아시는지 모르겠지만, '텔 미 에브리씽'이란 작품을 유니버스 필름 이현주 대표와 함께 공동 제작 했습니다."

'텔 미 에브리씽'의 공동 제작자란 사실을 알고 난 후, 날 바라보는 한미선 작가의 눈빛이 변했다.

"젊은 나이에… 대단하시네요."

삼십 대 초반인 한미선은 이른 나이에 영화 제작자로 성공한 내게 진심으로 부러워하는 시선을 던졌다.

그런 그녀에게 내가 말했다.

"아까 제가 말씀드렸던 꿈은… '생쥐의 모험'을 영화로 제작하는 것입니다."

*　　　*　　　*

'내 작품을… 영화로 제작하겠다고?'

한미선이 두 눈을 치켜떴다.

내가 그린 만화를 원작으로 애니메이션 작품이 제작되는 것, 그래서 수많은 사람들에게 사랑받는 것.

한미선이 가진 꿈의 종착역이었다.

'다 끝났다고 생각했는데.'

올해가 만화가라는 꿈에 도전할 수 있는 마지막 기회.

하지만 갑작스럽게 영양실조로 쓰러져 입원하게 되면서 공모전에 작품을 제출할 기회조차 사라져 버렸다.

그래서 한미선은 이제 꿈을 포기해야 할 때라고 판단했다.

그런데 전혀 예기치 못한 기회가 찾아와 있으니 어찌 기쁘지 않을까.

쿵, 쿵, 쿵.

주체할 수 없을 정도로 거세게 심장이 뛰었다.

그렇지만 한미선은 애써 흥분을 눌렀다.

'아직… 기뻐하긴 일러.'

지금 '생쥐의 모험'을 영화로 제작하고 싶다는 의사를 밝힌 서진우에 대해서 한미선이 아는 것은 극히 드물었다.

이 바닥에 득실거리는 사기꾼 중 한 명일 가능성도 충분했다.

그래서 한미선이 질문했다.

"아까 서진우 씨는 '생쥐의 모험'을 영화로 제작하고 싶다고 말씀하셨죠?"

"네, 맞습니다."

"하지만 '생쥐의 모험'은 실사 영화로 제작할 수 없는 작품이에요."

"그 정도는 저도 알고 있습니다. 주인공이 생쥐이니까요."

"그런데 왜……?"

"저는 '생쥐의 모험'을 극장판 애니메이션으로 제작할 생각입니다."

"진심… 이세요?"

"제 말을 의심하시는 이유가 있나요?"

"극장판 애니메이션의 경우 제작되는 케이스가 극히 드무니까요."

"잘 알고 계시네요. 그래서 저는 '생쥐의 모험'을 더욱 극장판 애니메이션으로 제작하려는 겁니다."

"……?"

"할리우드에서 애니메이션 작품이 전체 흥행 수익에서 차지하는 비율이 얼마나 되는지 알고 계십니까?"

"모르겠습니다."

한미선이 솔직하게 모른다고 대답하자, 서진우가 본인이 던졌던 질문에 대한 답을 알려 주었다.

"40%에 육박합니다."

'그렇게… 높아?'

전혀 몰랐던 사실을 알게 된 후 깜짝 놀랐던 한미선이 이내 고개를 흔들었다.

"할리우드와 한국은 다르죠."

"옳은 지적입니다. 그래서 증명해 보려고 합니다."

"뭘 증명한단 말인가요?"

"한국에서도 극장판 애니메이션을 제작해서 성공할 수 있다는 것이요."

"그게… 가능할까요?"

"물론 시간은 좀 걸리겠지만 가능할 겁니다. 그리고 정 안되겠다 싶으면 그냥 할리우드로 진출하죠."

"네?"

"한국 시장에서 답이 나오지 않으면 이미 극장판 애니메이션 시장이 구축되어 있는 할리우드로 진출하자는 뜻입니다."

처음에는 실없는 농담을 던진 거라 여겼는데.

서진우의 표정은 무척 진지했다.

'진심이야.'

그래서 농담이 아니라는 사실을 알아챘을 때, 서진우가 덧붙였다.

"저와 함께 극장판 애니메이션을 제작해서 할리우드로 진출해 보시지 않으시겠습니까?"

　　　　*　　　　　　*　　　　　　*

까아아앙.

요란한 쇳소리와 함께 철판이 잘려 나갔다.

서태호가 그 모습을 신중한 눈길로 지켜보고 있을 때, 누군가 어깨를 두드렸다.

흠칫하며 서태호가 고개를 돌리자, 김진혁이 서 있었다.

"어, 김 대리."

"과장님, 왜 그렇게 놀라세요?"

"응? 아냐."

"커피 한잔하러 가시죠."

김진혁의 제안에 서태호가 고개를 끄덕였다.

딸칵.

기계의 전원을 끈 서태호가 야외 휴게실로 나가자, 김진혁은 이미 자판기에서 밀크 커피 두 잔을 빼 온 후였다.

"과장님, 드시죠."

"고마워."

서태호가 달달한 밀크 커피를 한 모금 마셨을 때, 김진혁이 불쑥 물었다.

"많이 심란하시죠?"

"뭐, 그렇지."

아까 김진혁이 등 뒤로 다가와서 어깨를 두드렸을 때, 서태호가 깜짝 놀랐던 이유는 정리 해고에 대한 걱정 때문이었다.

'어느 순간 갑자기 상사가 불러서 이번 정리 해고 명단에 포함됐다고 일방적으로 통보하는 것이 아닐까?'

이런 불안감으로 인해서 서태호는 항상 신경이 곤두서 있는 상태였다. 그리고 김진혁은 그 점을 간파한 것이었다.

"아무래도… 다른 일을 준비하는 게 맞는 것 같아."

서태호가 커피를 한 모금 더 마신 후 씁쓸한 표정으로 말하자, 김진혁이 당황했다.

"아직 정리 해고 명단에 과장님이 포함된 것도 아닌데 너무 성급하신 것 아닐까요?"

"느낌이 와."

"무슨… 느낌이요?"

"지난 두 번은 용케 피했지만, 세 번째는 못 피할 것 같은 느낌. 이번에는 정리 해고 명단에 내 이름이 포함될 거야."

"만약 회사를 그만두시면… 뭘 하시게요?"

"가장 좋은 것은 재취업을 하는 거지만… 요새 있는 직원들도 전부 내보내는 판국인데 재취업이 될 확률은 희박하지."

"……"

"그래서 퇴직금 받은 걸로 사업을 해 볼까 해."

"사업이요?"

"사업이라고 하니 너무 거창하게 들리겠구만. 그냥 작게 치킨집이나 하나 열려고. 배운 게 없으니 달리 할 게 없더라고."

서태호가 치킨집을 개업할 거란 계획을 밝히자 김진혁의 표정이 굳어졌다.

아마 퇴직 후에 치킨집을 개업했다가 퇴직금을 몽땅 날리고 빚더미에 앉은 사람들에 대한 기사들을 많이 접했기 때문이리라.

"잘… 될까요?"

"잘되길 빌어야지."

서태호라고 해서 불안하지 않은 것은 아니었다.

그렇지만 달리 선택지가 없었기에 퇴직금으로 치킨집을 개업하려는 것이었다.

"어, 저기 한국대 다니시는 아드님 아니세요?"

그때 김진혁이 한쪽을 바라보며 말했다.

"응?"

김진혁이 바라보고 있는 방향으로 고개를 돌린 서태호의 눈에 서진우의 모습이 들어왔다.

"진우야, 회사에는 웬일이야?"

"아버지랑 저녁이나 같이 먹을까 해서요."

"저녁?"

"네. 점심을 건너뛰었더니 배고파 죽겠어요. 저녁 좀 사 주세요."

"알았다."

서태호가 손목시계를 들어 퇴근 시간이 거의 다 됐음을 확인하고 김진혁에게 고개를 돌렸다.

"김 대리, 아까 내가 하던 일 마무리 좀 부탁해."

"걱정 마시고 아드님과 식사 맛있게 하세요."

"고마워."

"별말씀을요."

김진혁에게 부탁을 마친 서태호가 진우와 함께 회사를 빠져나갔다.

"특별히 먹고 싶은 것 있어?"

"삼겹살이요."

"삼겹살 좋지. 내가 잘하는 집을 알고 있으니까 따라와."

서태호가 회사 근처 단골 삼겹살집으로 앞장섰다.

'좋네.'

그렇지 않아도 아들을 불러내서 술 한잔 같이 하고 싶다는 생각이 간절했다.

그렇지만 바쁜 아들의 시간을 뺏는 것 같아서 꾹 참고 있었는데.

마치 자신의 속내를 알아챈 것처럼 아들이 먼저 찾아와 준 셈이었다.

"자, 한 잔 받아라."

서태호가 먼저 잔을 따라 준 후, 진우가 따라 주는 잔을 받을 때였다.

"제 말이 맞았죠?"

진우가 불쑥 물었다.

"뭘 말하는 것이냐?"

"일전에 나빠진 경기는 다시 괜찮아지지 않을 거라고 말씀 드렸잖아요."

비로소 말뜻을 이해한 서태호가 쓰게 웃으며 고개를 끄덕였다.

"네 예측대로 경기는 더 나빠졌구나."

회사의 일감은 늘어나는 대신 오히려 줄었고, 정리 해고를 계속하는 것.

경기가 회복되긴커녕 점점 나빠지고 있단 증거였다.

'모두 힘든 시기야.'

서태호가 한숨을 내쉬며 소주잔을 비웠을 때였다.

"하지 마세요."

진우가 불쑥 말했다.

"뭘 하지 말라는 것이냐?"

"치킨집이요."

그 대답을 들은 서태호가 깜짝 놀랐다.

회사에서 정리 해고를 당하고 나면 퇴직금으로 치킨집을 세우겠다는 계획을 세웠다.

그렇지만 그 계획은 가족 누구에게도 말하지 않았다.

심지어 아내에게조차도.

그래서 아무도 모를 거라 생각했는데, 아들은 이미 자신이 퇴직 후에 치킨집을 개업할 계획을 세웠다는 사실을 눈치채고 있었다.

"어떻게 알았어?"

"냄새를 통해서 알았습니다."

"냄새… 라니?"

"아버지 작업복 상의에 기름 냄새가 배어 있었습니다. 그리고 누나가 아버지가 매일 통닭을 사 온다고 불평하는 것을 들었을 때, 문득 그런 생각이 들었습니다. 아버지가 옷에 밴 기름 냄새를 들키지 않기 위해서 일부러 통닭을 사 오시는 게 아닐까 하는 생각이요."

'괜히… 한국대에 들어간 게 아니구나.'

서태호가 감탄했을 때, 진우가 덧붙였다.

"아버지, 치킨집 개업은 패가망신의 지름길입니다."

*　　　*　　　*

'너무… 냉정했나?'

아버지 입장에서 퇴직 후에 치킨집을 개업하는 것.

수많은 불면의 밤을 보내며 고민을 거듭한 끝에 무척 어렵게 내린 결정이었으리라.

그런데 치킨집 개업이 패가망신의 지름길이라고 냉정하게 평가한 것.

조금 미안한 마음이 들었지만, 난 이내 털어 버렸다.

진우치킨을 개업했다가 쫄딱 망하고 빚더미에 올라앉았던 것.

아직도 기억 속에 생생했기 때문이었다.

물론 이번 생은 지난 생과는 다르다.

난 이미 적잖은 부를 축적한 상황.

설령 아버지가 진우치킨을 개업했다가 망한다고 하더라도 우리 집이 빚더미에 올라앉지는 않는다.

그럼에도 불구하고 난 아버지의 치킨집 개업을 꼭 막고 싶다.

아까운 시간을 낭비하는 것, 또 닭을 튀기면서 아버지가 건강을 해치는 것이 싫기 때문이다.

어쨌든 내가 치킨집 개업이 패가망신의 지름길이라는 사실을 알고 있는 이유는 회귀자이기 때문이다.

그러나 아버지는 회귀자가 아니다.

그러니 치킨집 개업이 패가망신의 지름길이라는 말을 아버지 앞에서 꺼낸 이상, 합당한 근거를 제시해야 했다.

"이것 좀 보시죠."

내가 가방에서 꺼낸 보고서를 내밀었다.

"이게… 뭐냐?"

"창업 전문가에게 의뢰한, 집 근처에 치킨집을 개업했을 때, 성공 가능성이 얼마나 되는가에 대해서 조사한 자료입니다."

아버지를 설득하기 위해서 내가 준비한 근거 자료.

창업 전문가에게 의뢰한 분석 자료였다.

"이건 또… 언제 준비했던 거야?"

내가 준비한 자료를 살피던 아버지는 놀란 기색이었다. 그리고 자료를 살피던 아버지의 표정은 점점 굳어졌다.

인구 대비 집 근처 치킨집의 개수는 이미 포화 상태를 넘었다는 근거를 바탕으로 한 창업 전문가의 분석 자료는 새로 치킨집을 개업할 경우 성공할 가능성이 극히 희박하다는 것으로 결론을 내렸기 때문이리라.

전문가의 분석 자료를 확인했기에 무작정 치킨집을 개업하는 것이 얼마나 무모한 것임을 아버지도 알아챈 듯 보였다.

"흐음."

퇴직 후 치킨집 개업이라는 계획이 무산될 위기에 처한 아버지는 무척 난감한 표정을 짓고 있었다.

그런 아버지의 반응을 살피던 내가 입을 뗐다.

"아버지는 잘 모르시겠지만, 제가 업계에서는 천재 작가라고 불리고 있습니다."

회귀자 버프 덕분에 내가 업계에서 천재 작가로 평가받는다는 사실을 일단 알려 준 후, 덧붙였다.

"처음에는 그냥 제가 잘난 건 줄 알았습니다. 그런데 아니더군요. 아버지에게서 재능을 물려받은 덕분이었습니다."

"……?"

"아버지 꿈이 만화가였다는 사실을 엄마에게 들었습니다."

"네 엄마도 참… 별 쓸데없는 이야기를 다 했구나."

아버지가 멋쩍은 표정을 지을 때, 내가 덧붙였다.

"처음 그 이야기를 엄마에게 듣고 나서는 좀, 아니, 많이 놀 랐습니다. 그런데 조금 시간이 지나고 나서는… 미안한 마음 이 들었습니다."

"왜 미안한 마음이 들었단 것이냐?"

"저희 때문에 아버지가 꿈을 포기하셨으니까요."

"그건… 당연한 거야."

아버지는 꿈을 포기했던 것이 당연한 선택이었다고 말했다.

그런 아버지를 물끄러미 응시하며 내가 다시 입을 뗐다.

"아직 늦지 않았다고 생각합니다."

"아직 늦지 않았다니? 그게 무슨 소리냐?"

"꿈에 도전하시는 것 말입니다."

"응? 나더러… 다시 만화를 그리라는 뜻이냐?"

아버지는 내키지 않는 목소리로 물었다.

다시 만화가라는 꿈에 도전하기에는 너무 늦었다고 판단하 기 때문이리라.

그리고 이번에는 내 생각도 아버지와 다르지 않다.

이제 와서 아버지가 다시 만화를 그리는 것?

너무 늦었다는 사실을 잘 알고 있다.

"그건 아닙니다."

"그럼?"

"얼마 전에 한미선이라는 작가를 만났습니다. 제가 좋아하는 '생쥐의 모험'이란 만화를 그린 작가이고, 분명히 만화가로서 재능도 있는데 생계에 어려움을 겪고 있었습니다. 그래서 만화 작가라는 꿈을 계속할지에 대해서 고민하고 있었습니다."

"그 작가 이야기를 갑자기 꺼내는 이유가 무엇이냐?"

"아버지 생각이 났거든요."

"응?"

"현실적인 이유로 꿈을 접거나 꿈을 접을 수밖에 없는 위기에 처해 있는 재능 있는 만화 작가들이 많습니다. 예전 아버지처럼요. 그래서 저는 아버지가 그들을 도와줬으면 합니다."

내 제안을 들은 아버지가 당황한 표정을 지었다.

당신 코가 석 자인 상황.

그런데 현실적인 문제에 부딪쳐서 꿈을 포기하려는 만화 작가들을 도와주라는 내 제안이 당황스럽게 느껴지는 것이리라.

"많이 고민해 봤는데 아버지가 적임자라고 생각합니다."

"왜 내가 적임자란 말이냐?"

"이미 경험해 보셨으니까요."

거짓말이 아니다.

아버지가 지금 다니고 계신 회사에서 정리 해고를 당하는 것은 팩트.

정리 해고를 당한 후에 아버지가 무슨 일을 하시는 게 좋을까에 대해서 난 꽤 오래전부터 고민해 왔었다.

그럼에도 불구하고 마땅한 답을 찾지 못하고 어려움을 겪던 난 얼마 전에 엄마와 대화를 나누던 도중 마침내 답을 찾아냈다.

'그래서 한미선 작가도 만났던 거지.'

원래 회귀한 후 내가 세웠던 계획에 한미선 작가를 만나는 일은 없었다.

한미선 작가는 훗날 '알을 깨고 나온 오리'라는 베스트셀러 만화를 그리는 히트 작가가 된다. 그리고 '알을 깨고 나온 오리'는 300만 명에 가까운 관객들을 극장으로 불러 모으며 한국 극장판 애니메이션 업계에서 기념비적인 작품이 된다.

하지만 난 '알을 깨고 나온 오리'의 판권만 구입해서 작품을 제작할 생각을 가졌기에 한미선 작가를 직접 만날 계획은 없었다.

그런데 도중에 계획을 수정한 이유.

바로 아버지 때문이었다.

'인큐베이팅 시스템을 갖추는 거야.'

재능은 있지만 현실적인 문제에 부딪쳐서 만화가라는 꿈을 포기하려는 작가들을 영입해서 그들이 작품 활동을 이어 나갈 수 있도록 만들어 준다면?

원작 판권을 확보할 수 있을 뿐만 아니라, 작가풀도 갖출 수 있게 된다.

그리고 훗날 스마트폰의 등장으로 인해 웹툰 시장이 폭발적으로 성장하게 되면 이런 밑 작업은 큰 보상으로 돌아오리라.

그렇지만 내가 출판사를 세우려는 계획을 진행하는 더 큰 이유는 아버지 때문이다.

'이미 꿈을 포기했던 경험이 있는 아버지라면?'

상처받은 만화 작가들의 마음을 잘 어루만질 수 있을 뿐만 아니라, 그 과정에서 큰 보람도 얻을 수 있을 것이라고 판단한 것이었다.

'치킨집을 개업하는 것보다는 무조건 나은 선택이야.'

"지금 나더러 출판사를 차리라는 것이냐?"

내 말뜻을 이해한 아버지가 소주를 비우시고 난 후 물었다.

"맞습니다."

"그건 불가능한 일이다."

아버지는 두려운 표정으로 내 제안을 거절했다.

하지만 이쯤에서 물러날 것이라면 난 시작도 안 했을 것이었다.

"불가능하다고 판단하시는 이유가 뭡니까?"

"우선… 난 출판업 쪽에는 전혀 경험이 없다. 아무것도 모르는 상황인데 갑자기 출판사를 차릴 수는 없지 않느냐?"

"그 문제는 해결 방법이 있습니다."

"어떻게 해결한단 말이냐?"

"요새 불황이라 출판계도 아주 어렵습니다. 실력과 경험이 있는 직원들이 수두룩하게 해고된 후 새로운 일자리를 찾지 못하고 있는 상황이죠. 그 직원들을 영입하면 경험 부족이라는 문제는 간단하게 해결이 가능합니다."

내 의견이 일리가 있다고 판단할 걸까.

아버지는 다른 이유를 꺼냈다.

"더 큰 문제는… 자금도 없다는 것이다."

"퇴직금 받으실 거잖아요?"

"그걸로는 한참 부족할 것 같은데……."

"제가 좀 보태겠습니다."

"진우, 네가 자금을 보탠다고?"

"일종의 투자 개념입니다. 아버지가 세울 출판사가 잘될 것 같거든요."

난 자선 사업가가 아니다.

출판사를 세우기로 결정을 내렸으니 무조건 수익을 낼 것이다. 그리고 수익을 낼 방법도 이미 알고 있다.

'결국 작가 놀음이야.'

출판사의 성패를 좌우하는 것.

여러 요인들이 있지만, 결국 좋은 작품, 또 잘 팔리는 작품을 얼마나 세상에 많이 내놓는가 여부에 성패가 달려 있다.

그리고 좋은 작품, 또 잘 팔리는 작품을 만드는 것은 결국 작가다.

비록 분야가 조금 다르긴 하지만, 회귀자인 난 크게 성공하는 만화 작품 몇 개 정도는 기억하고 있다.

그 작품들을 쓴 작가들 중 몇 명만 선점한다면, 아버지가 세울 출판사는 충분히 수익을 낼 수 있다.

두 가지 문제가 다 해결됐음에도 아버지는 여전히 심각한 표정으로 고민하고 있었다.

'당연한 일이지.'

아버지 입장에서는 제2의 인생을 시작하는 셈이었다.

새로운 시작을 앞두고 두려움이 생기지 않는다면 그게 오히려 이상한 일이었다.

'걱정하지 마세요. 제가 있으니까요.'

나는 속으로 응원하며 아버지가 어떤 결정을 내릴 때까지 조용히 기다렸다.

치익, 치이익.

집게를 들어 솥뚜껑 위에서 잘 구워진 삼겹살이 타지 않도록 앞접시에 옮겨 담고 혼자서 술잔을 비우고 채우기를 몇 번 반복했을 때였다.

마침내 결심을 굳힌 걸까.

아버지가 비장한 표정으로 물었다.

"내가… 잘할 수 있을까?"

내가 고개를 끄덕이며 대답했다.

"아버지는 잘하실 수 있을 겁니다. 그리고 제가 곁에서 도울 겁니다."

*　　　*　　　*

'거시 경제학 개론' 수업이 진행되는 강의실.

"오늘은 여기까지 하지."

쉬는 시간도 없이 이어진 두 시간의 강의가 끝나고 이태리의 맥이 탁 풀렸을 때였다.

경영학과 조교 언니가 강의실로 서둘러 뛰어 들어왔다.

"이태리가 누구야?"

그녀가 질문을 던지자 동기들의 시선이 자신에게 일제히 쏠렸다.

"제가 이태리인데요."

이태리가 오른손을 들며 대답하자, 조교 언니가 말했다.

"교수님이 찾으셔."

"어느 교수님이요?"

"함유석 교수님."

함유석 교수가 자신을 찾는다는 이야기를 조교 언니에게서 전해 들은 이태리가 깜짝 놀랐다.

그녀가 죽어라 공부해서 한국대학교 경영학과에 입학한 이유 중 하나가 함유석 교수의 존재였다.

함유석 교수님의 수업을 듣고, 그의 연구실에서 석사와 박사 과정을 마치는 것이 이태리의 목표.

그런데 존경해 마지않는 함유석 교수님과 독대할 수 있는 기회가 불시에 갑자기 찾아왔으니 어찌 기쁘지 않을 수 있을까.

'날 어떻게 아시는 거지?'

함유석 교수님이 수많은 동기들 가운데 자신의 이름을 알고 있다는 사실에 이태리의 가슴이 들떴을 때였다.

"지금 시간 괜찮아?"

"네? 네."

"그럼 빨리 가자. 교수님이 기다리고 계시거든."

조교 언니의 재촉을 받은 이태리가 서둘러 가방을 챙겼다. 그리고 조교 언니와 함께 함유석 교수님을 만나러 가던 이태리는 동기들이 부러운 시선을 던지는 것을 느꼈다.

약 십여 분 후.

똑똑.

함유석 교수실 앞에 선 이태리가 조심스럽게 노크했다.

"들어오세요."

낮고 굵은 목소리가 들려온 순간, 이태리가 문을 열고 안으로 들어갔다.

"교수님, 처음 뵙겠습니다. 경영학과 96학번 이태리라고 합니다."

"거기 앉아."

TV 뉴스와 토론 프로그램에 출연했던 함유석 교수를 여러 번 본 적이 있었기에 처음 만나는 것임에도 낯설다는 느낌은 들지 않았다.

일단 함유석 교수가 권한 소파에 이태리가 조심스레 앉았을 때였다.

"내가 왜 불렀는지 이유가 많이 궁금하지?"

"네? 네."

"궁금한 게 있어서 불렀어."

'뭐가 궁금하신 거지?'

이태리가 긴장했을 때, 함유석 교수가 물었다.

"법학과 신입생인 서진우 군과 친한가?"

'서… 진우?'

예상치 못했던 질문에 당황하며 이태리가 속으로 생각했다.

'함 교수님은 또 왜 서진우를 궁금해하시는 거야?'

*   *   *

'왜… 만나려는 거지?'

이태리에게 함유석 교수가 날 만나고 싶어 한다는 이야기를 듣고 고개를 갸웃했을 때였다.

"서진우."

커피숍 탁자를 사이에 두고 마주 앉아 있던 이태리가 강렬한 시선을 던졌다.

"왜 그렇게 봐?"

"너, 대체 정체가 뭐야? 함유석 교수님과는 대체 어떻게 아는 사이야?"

"몰라."

"뭐?"

"일면식도 없는 사이라고."

"정말이야?"

"내가 거짓말을 할 필요가 없잖아."

"그런데… 함유석 교수님이 왜 너에 대해서 알고 있어? 또 왜 널 만나고 싶어 하시는 거야?"

이태리는 연달아 질문을 던져냈다. 그리고 난 함유석 교수가 만남을 청하는 이유로 짐작 가는 것이 있었다.

'영화 때문이겠지.'

아무리 생각해 봐도 그것 외에는 함유석 교수가 날 만나려는 다른 이유가 없다고 판단했을 때였다.

"왜 대답 안 해?"

이태리가 대답을 재촉했다.

"나도 이유를 모르니까."

내가 거짓 대답을 꺼내자, 이태리가 한숨을 내쉬며 다시 물었다.

"교수님 만나러 찾아갈 거지?"

"아직 고민 중이야."

"뭐?"

내가 아직 고민 중이라고 대답하자, 이태리는 어이없다는 표정을 지었다.

"진우, 너 함유석 교수님이 얼마나 유명한 분인지 모르는구나."

"대충 알아."

"안다고?"

"응."

"그런데도 고민 중이라고?"

"내 인생에서 그렇게 중요한 분은 아니거든."

내가 딱 잘라 대답하자, 이태리가 고개를 절레절레 흔들었다.

그런 그녀에게 내가 다시 말했다.

"그래도 한번 만나 볼게."

"왜 교수님을 만나기로 결정했어?"

내가 함유석 교수를 만나기로 결정한 이유.

그에게 일종의 신세를 졌기 때문이었다.

함유석 교수가 대명일보에 남긴 추천사 덕분에 'IMF'는 홍보 효과를 누렸고, 난 감사 차원에서라도 만나보려는 것이었다.

그렇지만 난 이번에도 진짜 이유를 감추고 다른 대답을 꺼냈다.

"너 때문에."

"응?"

"네 부탁이라서 들어주는 거야."

무심코 대답했던 내가 흠칫했다.

이태리가 무척 감동받은 표정을 짓고 있는 것을 발견했기 때문이었다.

'아차, 순정 만화 마니아지.'

내가 뒤늦게 후회했지만, 이미 늦은 후회였다.

"몰랐어."

"……?"

"진우 네가 날 이렇게까지 생각해 주는지 몰랐다고."

"그런 게 아니라……."

"나도 앞으로 너에게 더 잘할게."

'지금도 차고 넘치거든.'

이태리의 일방적인 관심.

지금도 부담스러울 지경이었다.

그래서 앞으로 더 신경 쓰면서 잘하겠다는 말은 극구 사양하고 싶었다.

하지만 남의 마음까지는 내가 어찌할 수 없는 노릇.

'더 귀찮아지겠네.'

그래서 내가 속으로 생각하며 한숨을 내쉬었을 때였다.

"이상해."

이태리가 은근한 시선을 던지며 운을 뗐다.

"또 뭐가 이상한데?"

"진우, 너 말이야. 함 교수님도 그렇고, 승아 언니도 그렇고. 왜 모두 너한테 관심을 갖는 걸까?"

내가 어깨를 으쓱하며 대답했다.

"나야 모르지."

"왜 몰라? 승아 언니 만났으니 이유를 알 것 아냐?"

"안 만났어."

"왜 아직 안 만났는데?"

"깜박했어."

'까맣게 잊고 있었네.'

내가 머리를 긁적였다.

일전에 이태리는 구룡그룹 유명석 회장의 막내딸인 유승아가 날 만나고 싶어 한다는 이야기를 전해주었다.

또, 그녀의 연락처가 적힌 쪽지를 건네주기도 했었고.

하지만 난 아직 유승아에게 연락하지 않았다.

그동안 워낙 경황이 없어서 그녀에게 연락한다는 것을 깜박했기 때문이었다. 그리고 내가 깜박하는 바람에 유승아에게 아직 연락하지 않았다는 이야기를 전해 들은 이태리는 경악한 표정이었다.

"깜박하는 게 말이 돼? 승아 언니, 구룡그룹 유명석 회장님 막내딸이라고."

"그래서?"

"뭐?"

"내가 요새 좀 바빴어."

"헐!"

질렸다는 표정으로 고개를 가로젓던 이태리의 표정이 돌변했다.

"넌 대체 무슨 생각을 하며 사는 거야? 그런데… 그런 진우 네가 더 좋아졌어."

'이건 또 무슨 전개야?'

당최 종잡을 수 없는 방향으로 바뀌고 있는 이태리의 반응에 내가 당황했을 때, 그녀가 덧붙였다.

"승아 언니가 만나자고 청하는데도 응하지 않는 남자 서진우, 역시 멋있어."

*　　　*　　　*

함유석이 직접 내린 커피를 머그잔에 따라서 탁자 위에 내려놓았다.

"자, 들게."

"잘 마시겠습니다."

함유석이 맞은편에 앉으며 서진우를 유심히 살폈다.

'IMF'라는 영화를 관람하고 난 후, 함유석은 큰 충격을 받았다.

영화 내용이 현재 대한민국 경제 상황을 아주 정확하게 진단하고 있는 데다가 향후 예측도 무척 예리했기 때문이었다.

그렇지만 'IMF'의 각본 작가인 서진우가 한국대학교 법학과 신입생이라는 사실을 알게 됐을 때 받았던 충격은 그보다 몇 배 더 컸다.

그래서 제자인 이태리에게 서진우와의 만남을 주선해 달라고 부탁했던 것이고.

'대체 정체가 뭘까?'

맞은편에 앉아 있는 서진우에 대한 함유석의 호기심이 극에 달했을 때였다

"우선 감사 인사부터 드리겠습니다."

서진우가 먼저 입을 뗐다.

"왜 내게 감사 인사를 하는 건가?"

"교수님의 추천사 덕분에 영화 홍보가 됐으니까요."

"그건 내가 내켜서 한 일이니 신경 쓸 것 없네."

추천사를 쓴 것에 대한 감사 인사를 듣기 위해서 서진우를 만난 것이 아니었다. 그래서 함유석이 서둘러 화제를 돌렸다.

"누가 자문을 맡았나?"

"자문… 이요?"

"자네가 'IMF'라는 작품의 시나리오를 집필할 때 자문을 구했을 것 아닌가? 자문을 맡은 게 누군지 물은 것이네."

서진우는 한국대학교 법학과 신입생.

당연히 시나리오 집필 과정에서 경제 분야 전문가에게 자문을 구했을 것이라고 함유석은 확신한 채 질문을 던졌다.

"자문은 구하지 않았습니다."

"응? 그게 무슨 소리인가?"

"그냥 썼습니다."

하지만 함유석은 확신은 빗나갔다.

서진우는 시나리오 집필 과정에서 자문을 구하지 않았다고 대답했으니까.

"어떻게… 그게 가능하단 말인가?"

"말씀드렸던 대로입니다. 대한민국 경제 상황을 예측해 보니 외환 보유고 부족으로 IMF에 구제 금융을 신청할 가능성이 높았습니다. 그리고 IMF에 구제 금융을 신청하고 나면 향후 어떤 일들이 벌어질까에 대해서 머릿속으로 상상해서 시나리오를 썼습니다."

서진우는 대수롭지 않게 대답했다.

하지만 결코 대수롭지 않게 할 수 있는 이야기가 아니었다.

'이게… 말이 돼?'

대학 신입생에 불과한 서진우가 대한민국 경제 상황을 정확히 진단하고 향후 진행 상황에 대한 예리한 예측까지 해내는 것?

절대 불가능하다는 생각이 들었다.

하지만 서진우 본인이 직접 꺼낸 말이니 믿지 않을 수도 없는 노릇이었다.

'시험해 보자.'

함유석이 결심을 굳히고 입을 뗐다.

"아까 시나리오를 집필할 때 외환 보유고 부족으로 IMF에 구제 금융을 신청할 가능성이 높다는 예측을 했다고 말했지?"

"네."

"그렇게 예측한 근거는 무엇이었나?"

"몇 가지 전조 증상이 있습니다."

"어떤 전조 증상을 말하는 건가?"

"우선 금융 기관들의 지급 준비율 인하였습니다."

Chapter. 2

"은행들이 지급 준비율을 인하한다는 것은 시중에 돈이 많이 풀린다는 것을 의미합니다. 그리고 시중에 풀린 돈이 제대로 된 기업에 투자된다면 이상적인 상황이지만, 정경 유착이 깊이 뿌리 내린 대한민국 상황에서는 부정 대출만 늘어나는 결과를 초래할 확률이 높죠. 또 하나, 경상 수지 적자가 꾸준히 이어지고 있다는 점입니다. 경상 수지 적자로 인해서 기업들이 단기 외채를 발행했는데 마침 동남아 국가들이 국가 부도 위기에 몰리고 있습니다. 외국인들은 대한민국 역시 다른 동남아 국가들과 마찬가지로 국가 부도 위기에 몰릴 것이라 예상하여 자금을 회수할 것이고, 그때는 자연스레 환율이 상승하게 될 겁니다. 정부는 환율 상승을 방어하기 위해서 개입하지 않을 수 없을 테고, 그 과정에서 대규모 외화를 소모하게 될 겁니다. 이런 이유들로 인해서 외환 보유고가 바닥이 나게 되면 IMF에 구제 금융 신청을 할 수밖에 없을 것이다. 이렇게 예상했습니다."

함유석이 혀를 내밀어 바싹 마른 입술을 축였다.

극적 재미를 위해서일까.

'IMF'라는 영화 내에서는 대한민국이 IMF에 구제 금융을 신청하게 되는 자세한 과정이 생략되어 있었다.

IMF에서 구제 금융을 받고 난 후의 대한민국이, 또 대한민국 국민들이 처하게 되는 비참한 상황을 보여 주는 것에 집중했다.

그런데 'IMF' 시나리오를 집필한 서진우는 그 자세한 과정을 몰라서 작품 속에서 생략했던 것이 아니었다.

'사실이로군.'

방금 대화를 통해서 함유석은 서진우에 대한 의심을 지웠다.

'욕심이 나는군.'

그 순간, 함유석은 서진우에게 욕심이 생겼다.

그가 한국대학교 법학과 신입생이란 사실은 이미 알고 있었다.

그렇지만 사법 고시에 합격해서 판검사를 하는 것.

서진우의 재능과 능력을 낭비하는 것이라는 생각이 들었다.

"자네, 내 밑에서 공부해 보지 않겠나?"

"네?"

"자넨 경제 상황을 정확히 바라보는 안목이 있어. 'IMF'라는 영화의 시나리오를 집필한 것이 그 증거지. 내가 자네를 대한민국 최고의 경제학자, 혹은 경제 관료로 만들어 주겠다고 약속하지. 어떤가?"

함유석은 서진우가 이 제안을 절대 거절하지 못할 거라 확신했다.

그렇지만 서진우에게서 돌아온 대답은 이번에도 함유석의 예상과 달랐다.

"싫은데요."

*   *   *

함유석이 대한민국 경제계에서 영향력이 무척 큰 대단한 학자라는 것은 나도 알고 있다.

만약 그의 밑에서 착실하게 수학한다면?

한국대학교 대학 교수 자리는 따 놓은 당상이었고, 원한다면 고위 경제 관료도 될 수 있으리라.

'잘하면 장관도 될 수 있지 않을까?'

그래서일까.

함유석은 내가 그의 제안을 거절하지 못할 거라고 확신하고 있었다.

"싫은데요."

그런데 그 확신이 빗나간 순간, 함유석은 당황한 기색이 역력했다.

"왜… 싫다는 건가?"

"별로 내키지 않습니다."

"……?"

"숫자에 파묻혀 매몰되는 삶을 살고 싶지는 않거든요."

내가 정중하게 거절 의사를 밝혔지만, 함유석은 쉽게 포기하지 않았다.

"대한민국을 자신들의 것이라 여기고 마음대로 주무르려고 하는 모피아들과 맞서 싸워보고 싶지 않은가?"

모피아는 재무부(MOF)와 마피아(Mafia)의 합성어.

재무부 출신 인사들이 정계와 금융계 등으로 진출하여 산하 기관들을 장악하며 거대한 세력을 구축한 것을 의미하는 용어였다.

그리고 함유석 교수의 말처럼 모피아들은 대한민국 경제를 자신들의 뜻대로 주무르고 있었고, 'IMF'에도 모피아들의 횡포는 등장했다.

"교수님, 저를 너무 과대평가하고 계신 것 같습니다."

"무슨 뜻인가?"

"저는 모피아들과 맞서 싸울 능력도, 의지도 없습니다."

"아니, 자네는 할 수 있네. 모피아들의 행보를 정확히 예측할 수 있는 안목과 능력을 갖추고 있으니까."

'지피지기면 백전불태란 뜻이로군.'

날 응시하고 있는 함유석 교수의 시선은 부담스러울 정도로 강렬했다.

그 강렬한 시선을 피하지 않은 채 내가 대답했다.

"교수님이 하십시오."

"무슨 뜻인가?"

"모피아들을 상대로 정면으로 맞서 싸우는 것, 교수님이 하시란 뜻입니다."

"하지만 나 혼자서는……."

"저는 다른 방식으로 그들과 맞서 싸우겠습니다."

내 이야기를 들은 함유석이 흥미를 드러냈다.

"어떤 방식으로 말인가?"

"경고를 하겠습니다."

"경고?"

"이번처럼 말입니다."

난 경제 전문가와는 거리가 먼 삶을 살았다.

그렇지만 영화 제작자라는 직업적 특성상 사회 현안에 대해서 꾸준히 관심을 가질 수밖에 없었다.

그래서 대한민국 경제를 휘청이게 했던 위기 상황들에 대해서는 기억하고 있었다.

그리고 난 모피아들이 관여했던 굵직한 사건들이 발생하기 전에 영화를 제작해서 경고를 하는 방식으로 모피아들과 맞서 싸우는 방식을 퍼뜩 떠올린 것이었다.

"앞으로도 지금처럼 계속 경고를 하겠다는 것인가?"

"그게 영화 제작자인 제가 그들과 맞서 싸우는 방식입니다."

"무슨 뜻인지… 알겠네."

함유석은 여전히 아쉬운 기색이 역력했다. 그렇지만 날 설득하기 위한 시도는 더 이상 하지 않았다.

이것만으로도 모피아들을 견제하는 데 있어서 큰 도움이 될 거라 판단한 듯 보였다

그때였다.

"조심하게."

함유석 교수가 돌연 조심하라는 경고를 했다.

"왜 조심하란 말씀이십니까?"

내 질문에 함유석 교수가 대답했다.

"모피아들이 머잖아 자네를 주시하기 시작할 테니까."

*　　　　*　　　　*

한일극장 매표소에 들어섰던 한우택이 놀란 표정을 지었다.

'IMF'가 개봉했을 당시만 해도, 상영관 확보에 어려움을 겪었었다.

그래서 서울의 극장들에서는 'IMF'를 상영하는 곳이 거의 없었고, 어쩌다 상영관이 있더라도 조조나 심야 시간에만 상영했다.

하지만 개봉 4주 차에 접어든 지금은 상황이 변했다.

한일극장에서만 'IMF'에 두 개의 상영관이 배정됐고, 전 회차가 매진 임박이라는 것이 작품이 흥행에 성공했다는 증거였다.

그리고 한우택이 'IMF'의 흥행 여부에 촉각을 기울이는 이유.

레볼루션 필름 서진우 대표와 나누었던 대화 때문이었다.

서진우는 신생 투배사를 설립할 계획을 갖고 있었고, 그 신생 투배사에 자신을 영입하고 싶어 했다. 그리고 선뜻 결정을 내리지 못하고 망설이던 자신에게 메이저 투배사들에게서 투자 유치를 거절당했던 'IMF'를 흥행시키고 나면 망설임을 끝내고 합류하는 것이 어떠냐는 제안을 했었다.

"결국… 서진우 대표 말처럼 됐군."

한우택이 혀를 내둘렀다.

독립영화급 저예산 영화인 'IMF'가 이 정도로 흥행에 성공한 것.

기적이나 다름없는 결과였다.

그러니 서진우는 기적을 일궈 낸 셈이었다. 그리고 한우택은 자신이 한 약조를 지키지 않을 정도로 신의가 없는 사람은 아니었다.

한우택이 휴대 전화를 꺼내서 서진우에게 전화했다.

"한우택입니다."

―네. 무슨 일로 전화하셨습니까?

"약속을 지키기 위해서 전화했습니다."

―이제 마음의 결정을 내리셨나 보군요.

"네. 'IMF'가 흥행에 성공했다는 사실을 확인했으니까요."

한우택이 대답한 후 물었다.

"제게 하셨던 그 제안, 여전히 유효합니까?"

*   *   *

한우택이 외근을 마치고 사무실로 돌아왔을 때, 노성이 들려왔다.

"최 팀장, 작품 보는 안목이 이것밖에 안 돼?"

'정창욱 이사 목소리네.'

투자 팀 사무실에서 언성을 높이고 있는 목소리의 주인이 정창욱 이사임을 알아챈 한우택이 고개를 갸웃했다.

최귀순을 빅히트 엔터테인먼트 투자 팀장으로 데려온 장본인이 정창욱 이사라는 사실을 알고 있어서였다.

쉽게 말해 같은 라인.

그럼에도 불구하고 정창욱 이사가 투자 팀 사무실로 찾아와서 최귀순 팀장에게 역정을 내는 상황이 잘 이해가 가지 않는 것이었다.

"'IMF'도 우리 회사에 투심을 넣었다면서? 그런데 왜 투자 부적합 판정을 내린 거야? 설마 '태양의 전설'이 'IMF'보다 더 흥행할 거라고 판단했던 거야?"

'태양의 전설'은 빅히트 엔터테인먼트에서 전액 투자하고 배급까지 맡은 작품.

'IMF'보다 일주일 늦게 개봉한 작품이었다.

스타 캐스팅에 성공했고, 동시기에 마땅한 경쟁작도 없었기에 '태양의 전설'의 흥행에 대한 회사 내의 기대는 컸다.

그렇지만 기대와 달리 '태양의 전설'은 관객들에게 너무 뻔하고 재미없다는 혹평을 받으면서 흥행에 참패했다.

'잘라 낼 생각이구나.'

세상에는 영원한 아군도, 영원한 적군도 없었다.

기대작이었던 '태양의 전설'의 흥행 참패에 대해서 누군가는 책임을 져야 했고, 정창욱 이사는 자신이 피해를 입지 않기 위해서 같은 라인인 최귀순 팀장에게 책임을 전가할 계획을 세운 듯 보였다.

그 사실을 알고 있어서일까.

"죄송합니다."

삼십 대 중반에 불과한 정창욱 이사에게 최귀순은 희끗한 머리를 연신 조아리면서 사과하고 있었다.

'안됐네.'

한우택은 최귀순 팀장이 싫었다.

자기 자리를 지키는 데만 혈안이 돼서 부팀장인 자신의 의견을 밥 먹듯이 무시했기 때문이었다.

그렇지만 한참 나이가 어린 정창욱 이사에게 연신 고개를 조아리고 있는 최귀순 팀장을 가만히 바라보고 있자니 안쓰럽게 느껴졌다.

그래서 잠시 망설이던 한우택이 결심을 굳히고 나섰다.

"제 책임입니다."

한우택이 끼어들자 정창욱 이사가 의아한 표정을 지었다.

"그게 무슨 뜻이야?"

"'IMF'라는 작품에 최귀순 팀장님은 투자 적격 판정을 내렸습니다. 그렇지만 제가 투자를 해서는 안 된다고 강하게 주장하는 바람에 결국 저희 측 투자가 무산됐습니다. 그래서 제 책임이라고 말씀드렸던 겁니다."

"최 팀장!"

"네? 네."

"지금 한 부팀장이 하는 말이 사실이야?"

"그게……."

"사실이야? 아니야?"

정창욱이 대답을 재촉했지만, 최귀순은 바로 대답하지 못했다.

당혹스러운 표정을 지은 채 자신을 바라보고 있었다.

'놀랐겠지.'

한우택이 거짓말까지 하면서 돕기 위해 나선 것에 최귀순은 놀란 것이었다.

잠시 후, 최귀순이 더 버티지 못하고 대답했다.

"맞… 습니다."

"그런 일이 있었군."

정창욱 이사가 두 눈을 빛냈다. 그리고 머릿속으로 재빨리 계산을 마친 그가 다시 지시를 내렸다.

"한 부팀장은 일단 시말서 제출해."

"알겠습니다."

"최 팀장은 내가 퇴근 시간 맞춰서 따로 연락할 테니까 기다리고 있고."

그 지시를 끝으로 정창욱 이사가 떠나자, 최귀순이 긴 한숨을 내쉬었다.

그런 그가 한우택의 앞으로 다가왔다.

"왜… 그랬어?"

"고마우시죠?"

"응?"

"그럼 커피 한 잔 사 주시죠."

"알았어."

한우택이 건물 옥상에 마련한 휴게 공간에서 기다리고 있자, 최귀순이 자판기에서 캔 커피 두 개를 뽑아서 돌아왔다.

"자, 마셔."

"잘 마시겠습니다."

딸칵.

한우택이 캔 뚜껑을 따고 시큼한 내용물을 한 모금 마셨을 때, 최귀순이 더 참지 못하고 질문했다.

"이렇게 될 줄 몰랐어?"

"알았습니다."

"그런데 왜 시말서 쓸 각오까지 하면서 날 도왔던 거야?"

"시말서 안 쓸 겁니다."

"응?"

"다른 것 쓸 겁니다."

"다른 거라니?"

"받으시죠."

한우택이 안주머니에서 사직서가 든 봉투를 꺼내서 최귀순의 앞으로 내밀었다.

"이거… 뭐야?"

한우택이 앞으로 내밀고 있는 사직서를 선뜻 받아 들지 못
하고 최귀순이 물었다.

"보시다시피 사직서입니다."

"회사를 관두겠다고?"

"네. 그래서 떠나기 전에 좋은 일 한 번 했다고 생각하시면
됩니다."

비로소 말뜻을 이해한 최귀순이 바지 주머니에서 담배를
꺼냈다.

"한 대 피울래?"

"담배 안 피웁니다."

"그래?"

후우.

뿌연 담배 연기를 허공에 길게 내뿜은 그가 다시 입을 뗐
다.

"솔직히 좀 당황했다. 한 부팀장님이 날 싫어하는 줄 알았거
든."

'아주 눈치가 없지는 않네.'

한우택이 속으로 생각하면서 다른 대답을 꺼냈다.

"좋아하지도 않았지만, 싫어하지도 않았습니다."

"응?"

"같이 일하다 보면 의견 충돌도 생기는 법이니까요."

아까도 말했듯이 한우택은 자리 보존에만 몰두하는 무능

한 최귀순을 싫어했다.

그럼에도 불구하고 거짓말을 한 이유.

회사를 떠나는 마당에 굳이 적을 만들 필요는 없다는 생각이 들어서였다.

그리고 하나 더.

기왕이면 무능한 최귀순이 빅히트 엔터테인먼트 투자 팀장 자리를 오래 보존했으면 하는 바람을 갖고 있어서였다.

'이제부터는 진짜 적이니까.'

신생 투배사를 세우고 나면 메이저 투배사 중 하나인 빅히트 엔터테인먼트도 강력한 경쟁자가 될 터.

그래서 무능한 최귀순이 계속 빅히트 엔터테인먼트 투자 팀장 직책을 꿰차고 있는 것이 유리했다.

"그래, 그렇게 생각해 주니 고맙다."

이런 한우택의 속내를 전혀 알지 못하는 최귀순이 웃으며 말한 후 다시 물었다.

"회사 관두고 나면 뭘 할 거야?"

그 질문을 받은 한우택이 웃으며 대답했다.

"계속 놀 순 없으니 새 일자리를 찾아봐야죠."

*　　　　　*　　　　　*

"아, 어렵다."

채수빈이 연신 고개를 갸웃거리며 수학 문제를 푸는 모습을 지켜보던 내가 입을 뗐다.

"오늘은 여기까지 할까?"

"벌써요?"

"원래 수업 시간보다 십 분 더 지났어."

"네?"

내 이야기를 들은 채수빈이 깜짝 놀란 표정을 지었다.

"벌써 시간이 그렇게 지났어요?"

"그래."

"우웅, 전혀 몰랐어요. 그럼 선생님이 미리 말씀해 주셨어야죠."

양 볼을 부풀린 채 날 원망하고 있는 채수빈을 내가 흐뭇하게 웃으며 바라보았다.

'이제 집중력이 생겼네.'

과외 초창기만 해도 채수빈은 수업을 하는 도중에 몇 번씩이나 손목시계를 보면서 시간을 확인했었다.

그런데 지금은 수업을 하는 도중에 손목시계를 보면서 시간을 확인하지 않았다.

그만큼 공부를 하는 과정에서 집중력이 생겨서였다.

그래서 내가 만족스러운 표정을 짓고 있을 때였다.

"참, 선생님. 성적표 나왔어요."

"그래?"

수능 모의고사 성적표가 나왔다는 소식을 들은 내가 살짝 표정을 굳혔다.

그 사실을 알리는 채수빈의 표정이 어두운 것을 확인했기 때문이었다.

'혹시 성적이 떨어진 건가?'

내가 표정 관리에 애쓰며 물었다.

"몇 점이나 받았어?"

"350점이요."

"그래, 실수를 할 때도 있고, 시험의 난이도가 다른 때보다 높을……"

채수빈의 표정이 어두웠기에 당연히 지난번 모의고사를 봤을 때보다 성적이 떨어졌을 것이라 예상했던 내가 무심코 위로의 말을 꺼내다가 도중에 입을 다물었다.

"방금 몇 점이라고 그랬어?"

"350점이요."

'올랐잖아.'

2학년이 되고 난 후 첫 수능 모의고사에서 채수빈이 획득한 점수는 320점.

양미향이 밥을 먹다 말고 오열했을 정도로 높은 점수를 받았었다.

그렇지만 그 후 두 차례 더 치렀던 수능 모의고사에서 채수빈의 성적은 상승하지 않았다.

322점과 316점.

모의고사 난이도에 따라 점수 차가 조금씩 발생할 정도로 채수빈의 성적은 정체된 상태라 할 수 있었다.

그런데 네 번째 모의고사에서 채수빈은 다시 가파른 점수 상승폭을 보였다.

'이 정도면 연신대 중하위권 학과는 안정권이야.'

기쁜 기색을 감추지 못하던 내가 이내 고개를 갸웃했다.

모의고사 점수가 무려 30점씩이나 올랐음에도 아까 채수빈의 표정이 그다지 밝지 않았다는 것이 떠올라서였다.

"수빈아, 잘했다."

우선 칭찬부터 건넸지만 채수빈의 표정은 여전히 밝아지지 않았다.

"그런데 생각보다 점수가 안 올라요."

"응?"

"이래서는 선생님 후배가 되기 힘들 것 같아요."

'그래서 표정이 어두웠던 거구나.'

비로소 채수빈의 표정이 밝지 않았던 이유를 알아챈 내가 말했다.

"아직 수능 시험까지 1년도 더 남았어. 지금처럼 계속 열심히 하면 꼭 한국대학교에 합격할 수 있을 거야."

"정말요?"

"선생님은 거짓말 안 해. 그리고 모의고사 점수가 30점씩이나 오른 것도 아주 대단한 거야. 그러니까 마음껏 좋아해도 돼."

그제야 채수빈의 표정이 조금 밝아졌다.

그런 그녀에게 내가 말했다.

"나머지 이야기는 내려가서 할까?"

"네?"

"수빈이 부모님이 시장하실 것 같아서."

여느 때와 다름없이 채동욱은 일찍 퇴근해서 과외가 끝나고 난 후 함께 식사하기 위해서 기다리고 있었다.

평소보다 수업을 오래 했다는 사실을 뒤늦게 깨달은 채수빈이 고개를 끄덕였다.

"네, 선생님. 그렇게 해요."

채수빈과 함께 1층으로 내려오자, 예상대로 채동욱과 양미향은 식탁 앞에 앉아서 기다리고 있었다.

"서 선생, 고생했네."

"아닙니다. 수빈이가 고생했죠."

"어서 앉게."

'평소보다 더 푸짐하네.'

양미향은 항상 푸짐하게 식사를 준비했다. 그런데 오늘은 평소보다 더 푸짐한 편이었다.

일단 자리에 앉자, 채동욱이 위스키 병을 들었다.

"자, 우선 한 잔씩 하자고."

"네."

먼저 잔을 받고, 채동욱에게서 술병을 건네받아 그의 잔을 채우며 내가 입을 뗐다.

"축하드립니다."

"뭘 축하한다는 건가?"

"수빈이 시험 성적이 올랐습니다."

"그게 사실인가?"

채동욱이 반색한 순간, 양미향이 끼어들었다.

"우리 수빈이 성적이 또 올랐어요?"

"네, 이번 수능 모의고사에서 350점을 받았습니다. 반 석차도 4등에서 2등으로 올랐습니다."

"아이고, 예쁜 내 딸. 잘했다. 그리고 고생했다."

양미향은 기쁜 기색을 감추지 못했다.

난 채동욱의 이해를 돕기 위해서 다시 입을 뗐다.

"지금 성적을 유지하기만 해도 연신대 중하위권 학과는 안정권입니다. 그리고 수능까지 아직 1년 이상 남았으니 수빈이가 지금처럼 열심히 한다면 한국대 입학도 충분히 가능할 것 같습니다."

"우리 수빈이가… 진짜 한국대학교에 입학할 수도 있다?"

"네."

"이런 경사가 있나. 만약 수빈이가 한국대학교에 입학한다면 내가 서 선생에게 큰 선물을 하나 해 주겠네."

'큰 선물이 대체 뭘까?'

채동욱이 언급한 큰 선물이 대체 무엇일지가 벌써 궁금했지만, 난 욕심을 부리지 않았다.

"저는 이미 충분한 대가를 받고 있습니다."

월 천만 원의 과외비. 그리고 채수빈이 연신대와 고원대 이상의 대학에 진학하면 받을 수 있는 1억 원의 인센티브.

이것만으로도 이미 차고 넘치는 대가를 받고 있는 셈이었다.

그래서 내가 더 욕심을 내지 않고 정중하게 사양했지만, 채동욱은 뜻을 굽히지 않았다.

"그걸로는 부족하지. 게다가 서 선생 덕분에 이번에 아주 큰 수익을 올리지 않았는가? 그런데 모른 척 넘어갈 수는 없지."

채동욱의 말이 끝나자 양미향이 흥미를 느끼며 물었다.

"서 선생님 덕분에 큰 수익을 거뒀다니 그게 무슨 말이에요?"

"서 선생이 제작한 'IMF'라는 영화에 투자를 했거든. 그런데 그 영화가 흥행에 성공해서 큰 수익을 거뒀지."

"'IMF'요?"

"언제 개봉했는데요?"

양미향과 채수빈은 'IMF'에 대해서 모르는 기색이었다.

'모를 수도 있지.'

'IMF'가 동원한 관객 수는 대략 80만 명.

분명히 흥행에 성공했지만, 이는 저예산으로 제작한 영화임을 감안한 것이었다. 게다가 홍보도 거의 하지 않았기에 양미향과 채수빈이 'IMF'라는 영화에 대해 모르는 것도 충분히 이해가 갔다.

"한 달쯤 전에 개봉했어."

날 대신해 채동욱이 대답한 후 덧붙였다.

"아주 좋은 영화였어."

그가 덧붙인 말을 들은 내가 물었다.

"채 대표님도 영화를 보셨습니까?"

"내가 투자한 작품인데 당연히 봤지. 그리고 투자자 입장이 아니라 관객 입장에서 보기에도 아주 좋은 영화였네."

'코드가 맞았겠네.'

채동욱은 투자 전문가, 그리고 'IMF'는 경제에 관한 이야기.

그가 딱 좋아할 만한 소재란 생각이 들었을 때였다.

"서 선생."

채동욱이 은근한 목소리로 날 불렀다.

"말씀하십시오."

"다음으로 준비하는 작품은 뭔가?"

"차기작에는 왜 관심을 가지시는 겁니까?"

"돈 냄새를 맡았으니까."

"……?"

"서 선생이 제작하는 영화에 또 투자를 하고 싶단 뜻이네."

'이번에 제대로 재미를 보시긴 했지.'

채동욱이 'IMF'에 투자한 금액은 1억.

그리고 'IMF'는 최종적으로 전국 관객 80만 명을 동원했다.

그러니 1억을 투자해 수십 배의 수익을 거둔 셈이었다.

이번에 영화에 투자해서 제대로 재미를 본 상황이니, 채동욱 입장에서는 당연히 또 투자를 하고 싶을 터.

'내가 바라던 대로 상황이 흘러가네.'

채동욱의 두 눈에 깃들어 있는 욕심을 확인한 내가 희미한 미소를 머금은 채 제안했다.

"그러지 마시고 이제 본격적으로 투자하시는 것이 어떠십니까?"

"본격적으로?"

"네."

"어떻게 말인가?"

"투자 배급사를 설립하려고 합니다."

내가 투자 배급사를 새로 설립할 거라는 계획을 밝히자, 채동욱이 자세를 고쳐 앉았다.

그의 잔이 비었다는 것을 뒤늦게 알아챈 내가 위스키 병을 향해 손을 뻗었다.

그러나 채동욱은 손을 들어 만류했다.

"술 마시면서 할 이야기는 아닌 것 같군."

'프로는 프로네.'

평소 채동욱은 술을 즐기는 편이었다. 그렇지만 중요한 순간이라고 판단하자, 술잔을 손으로 막으며 대화를 이어 나가려 하고 있었다.

그로 인해 내심 감탄하고 있을 때, 채동욱이 물었다.

"왜 투자 배급사를 설립하려는 건가?"

그 질문을 받은 내가 대답했다.

"짜증 나서요."

"응?"

"'텔 미 에브리씽' 때도 그랬고 'IMF' 때도 투자를 유치하는 과정에서 애를 많이 먹었습니다. 그리고 앞으로 영화를 제작할 때도 비슷한 일이 반복될 겁니다. 그래서 그냥 투자 배급사를 설립하기로 마음을 먹었습니다."

"서 선생은… 확실히 통이 크군."

메이저 투자 배급사들을 찾아다니며 투자 유치를 받는 것에 짜증이 나서 그냥 투자 배급사를 설립하기로 결심했다는 이야기를 들은 채동욱이 내린 평가였다.

"배도 아프고요."

"왜 배가 아프단 건가?"

"남 좋은 일만 시켜 주는 것 같아서요."

"하긴 배가 아플 만하지."

신중한 표정으로 고개를 끄덕이던 채동욱이 다시 질문

했다.

"계획만 세운 건가? 아니면, 어느 정도 진행된 상태인가?"

"삼고초려 해서 경험과 안목을 모두 갖춘 인물을 투배사 대표로 영입하는 데 성공했습니다."

"그게 누군… 아니, 서 선생이 삼고초려까지 해 가면서 직접 영입한 사람이니까 당연히 실력은 있겠지. 그럼 서 선생이 설립할 투자 배급사에 '밸류에셋'에서 자금을 투자하라는 건가?"

"네, 맞습니다."

"얼마나 투자할까?"

＊　　　　＊　　　　＊

채동욱은 투자 여부에 대해서 고민하지 않았다.

이미 투자를 하기로 결정한 상태로 투자 금액에 대해서 고민하고 있었다.

"예상 수익률은 얼마나 되나?"

"모르겠습니다. 영화 쪽이 워낙 변수가 많은 업종이라서요."

"그렇긴 하지."

"1차 목표는 5년 안에 국내 3대 메이저 투자 배급사와 어깨를 나란히 하는 것입니다."

신생 투자 배급사를 설립한 후 내가 세운 목표를 알려 주자, 채동욱이 두 눈을 빛냈다.

"그게… 가능할까?"

"분명 쉽지는 않을 겁니다. 그런데 불가능한 것도 아니죠. 자신 있습니다."

내가 씨익 웃으며 대답하자, 채동욱이 위스키 병을 향해 손을 뻗었다.

"서 선생의 그 자신감이 좋군."

"좋게 봐 주셔서 감사합니다."

"더 마음에 드는 건 본인이 한 말은 꼭 지킨다는 것이고. 자, 한 잔 받게."

"네."

중요한 이야기는 마쳤다고 판단하고 내 잔에 황갈색 위스키를 채워 주던 채동욱이 물었다.

"서 선생이 설립하려는 투자 배급사의 사명은 무엇인가?"

*   *   *

"사명은 'Now & New'로 했으면 합니다."

내가 사명을 언급했지만, 한우택은 가타부타 답이 없었다.

"혹시 사명이 마음에 들지 않으십니까?"

다시 질문하고 나서야, 한우택이 탁자 위를 쳐다보던 시선을 나에게 향했다.

"뭐라고 하셨습니까?"

"방금 제가 말씀드린 사명이 마음에 들지 않느냐고 물었습니다."

"네. 아, 잠시만요. 오해하지 마십시오. 서 대표님이 언급한 사명이 마음에 들지 않는다는 뜻이 아닙니다. 실은 잠시 딴생각을 하느라 서 대표님이 말씀하셨던 사명을 못 들었습니다. 죄송합니다."

한우택이 사과하는 것을 들은 내가 물었다.

"마음에 걸리는 것이라도 있으십니까?"

"딱히 걸리는 것은 없습니다. 다만……."

"다만 뭡니까?"

"제 예상보다 훨씬 진행이 빨라서 좀 당황스럽네요."

한우택이 꺼낸 대답을 들은 내가 흐릿한 웃음을 지었다.

'밸류에셋'에서 거액의 투자를 받기로 얘기가 된 데다가, 투자와 배급을 맡을 첫 작품도 '끝까지 잡는다'로 결정됐고, 어느덧 사명까지 언급하고 있는 상황.

한우택 입장에서는 신생 투배사를 세우려는 계획이 번갯불에 콩 볶아 먹는 것처럼 빠르게 진행된다고 느껴질 가능성도 충분했다.

"한우택 부팀장, 아니, 이제는 한 대표님이라고 부르는 게 맞겠네요. 한 대표님."

아직 대표라는 호칭이 어색해서일까.

한우택은 쑥스러운 표정을 지은 채 대답했다.

"네, 말씀하십시오."

"지지부진한 것보다는 진행이 빠른 게 낫지 않습니까?"

"그건 그렇죠."

"그리고 너무 불안해지도, 또 너무 부담을 갖지도 마십시오. 분명히 성공할 겁니다."

"알겠습니다."

조금 표정이 밝아진 한우택이 내게 물었다.

"아까 언급하신 사명이 무엇이었습니까?"

"'Now & New'입니다."

"혹시 이 사명을 사용하시려는 특별한 이유가 있습니까?"

"네, 회사의 정체성을 드러내기 때문입니다."

"정체성… 이요?"

"지금 이 순간, 이 시대에 가장 필요한 영화, 그리고 어디서도 본 적 없는 새로운 영화. 'Now & New'에서 투자와 배급을 맡아서 내놓고 싶은 영화이거든요."

내 설명을 들은 한우택의 입가에 미소가 번졌다.

"괜찮네요, 아니, 아주 마음에 듭니다."

"그럼 'Now & New'를 사명으로 사용해도 될까요?"

"좋습니다."

사명까지 정해진 순간, 내 표정이 밝아졌다.

투자 배급사 'Now & New'는 컬처 크리에이터라는 내 꿈을 실현하는 데 있어서 무척 중요한 역할을 맡을 회사였기 때문이었다.

"한 대표님, 앞으로 잘 부탁드리겠습니다."

내가 인사하자, 한우택이 크게 한숨을 내쉰 후 마주 인사했다.

"저야말로 잘 부탁드리겠습니다."

*   *   *

"정말… 정말… 최선을 다했다고 자부할 수 있습니까?"

주연을 맡은 여배우 이강희의 대사를 끝으로 영화가 끝이 났다. 그리고 엔딩크레딧이 올라가기 시작한 순간, 함께 영화를 본 관객들의 목소리가 장정우의 귓속으로 파고들었다.

"아, 슬프고 분하다."

"에잇, 열받아."

"공무원이란 놈들이 자기 나라 국민 등을 칠 줄이야. 세상에 믿을 놈이 하나도 없네."

"저거 진짜 나쁜 새끼네. 재정국 차관이란 새끼 말이야."

그 이야기를 듣던 장정우가 자리에서 일어나려다가 흠칫했다. 바로 자신이 현재 재정국 차관이어서였다.

흡사 도망치는 사람처럼 서둘러 극장을 빠져나온 장정우가 근처 커피숍으로 들어갔다.

딸칵.

그가 담배를 입에 물고 불을 붙였다.

후우.

폐부 깊숙이 빨아들였던 담배 연기를 길게 내뿜고 난 후에야 겨우 긴장이 풀렸다.

"이거… 뭐야?"

장정우가 바쁜 시간을 쪼개 오랜만에 극장을 찾아서 'IMF'라는 영화를 관람한 이유는 호기심 때문이었다.

'IMF'라는 영화는 특이하게도 신문의 문화면보다 경제면에서 더 자주 언급됐다. 그리고 'IMF'라는 영화를 언급한 이들은 대부분 경제계의 거물들이었다.

함유석을 비롯해서 여러 대학의 교수들이 'IMF'라는 작품을 추천하거나 인터뷰 도중에 언급했다.

그로 인해 호기심이 생겨서 극장으로 찾아왔던 장정우는 'IMF'라는 영화를 관람한 후 충격을 받았다.

그 이유는 영화 속 예측들이 너무 정확했기 때문이었다.

'혹시… 기밀 서류가 유출된 게 아닐까?'

오죽하면 이런 생각까지 들었을 정도였다.

"어떻게… 알았을까?"

정부도, 언론도 대한민국 경제가 처한 심각성을 쉬쉬하며 감추고 있었다. 그렇지만 재정국 차관인 장정우는 대한민국 경제가 처해 있는 심각한 상황을 어느 누구보다 잘 알고 있었다. 그리고 현 위기 상황을 벗어나기 위해서 여러 방안을 강구하고 있었고, 그 방안 중 하나가 IMF에서 구제 금융을 신청하는 것이었다. 아니, 현재로서는 IMF에 구제 금융을 신청하는 게 거의 유일한 방안이나 마찬가지였다.

그런데 'IMF'라는 영화는 마치 재정국 직원이 시나리오를 집필한 것처럼 기밀로 분류된 정보들을 화면에 옮겼다.

후우.

담배 한 대를 다 태웠지만, 떨리는 마음은 완전히 진정되지 않았다.

딸칵.

다시 담배 한 개비를 입에 물고 불을 붙인 장정우가 휴대전화를 꺼냈다.

"나야."

"네, 차관님."

"'IMF'라는 영화를 극장에서 내리게 만들어."

"네?"

"두 번 말하게 만들지 마. 'IMF'라는 영화, 당장 극장에서 내리라고."

"하지만……."

"수단과 방법을 가리지 말고 지시대로 해."

"…알겠습니다."

"그리고 하나 더. 'IMF'라는 영화에 대해 좀 알아봐."

"뭘 알아보면 됩니까?"

"시나리오를 쓴 놈에 대해서 알아봐."

"알겠습니다."

후우.

짤막한 통화를 마친 장정우가 담배 연기를 내뿜었다.

"달라질 건 없어."

IMF에 구제 금융을 신청하는 시나리오.

독단적인 결정이 아니었다.

여러 사람들이 머리를 맞대고 논의한 끝에 내린 결론이었고, 이 시나리오가 틀어진다면 큰 손해를 입는 이들도 여럿 발생했다.

그래서 이 시나리오는 차질 없이 계속 진행되어야 했다.

후릅.

이미 미지근해져 버린 커피를 한 모금 마시고 내려놓던 장정우의 귓가에 영화 속 여주인공 이강희가 던졌던 대사가 되살아났다.

"지금 이 결정, 정말 국민들을 위한 결정입니까?"

장정우가 미간을 찡그린 채 혼잣말을 꺼냈다.

"이게… 최선이야."

　　　　*　　　　　*　　　　　*

"서 대표, 여기!"

커피숍으로 들어선 후 번쩍 손을 들어 올리고 있는 이현주를 발견한 내가 다가갔다. 그리고 야구 모자를 깊숙이 눌러쓰고 있는 이현주를 발견하고 입을 뗐다.

"모자를 쓰신 건 처음 보네요."

"어때? 잘 어울려?"

"네."

"다행이다. 앞으로 한동안 계속 모자를 쓰고 다닐 거거든."

"왜요?"

"무서워서."

"……?"

"누가 날 감시하는 것 같아."

평소 이현주는 성격이 털털한 편이었다.

그런데 오늘은 긴장한 기색이 역력했다.

"무슨 일 있습니까?"

"여자의 직감이랄까. 돌아가는 분위기가 심상치 않아."

"왜 심상치 않다고 판단하시는 겁니까?"

"우리 영화가 극장에서 다 내려왔어."

"그거야 내려올 때가 돼서가 아닐까요?"

'IMF'는 개봉 6주 차에 접어든 상황.

객석 점유율도 하락하고 있는 상태였다.

그래서 자연스레 극장에서 퇴장 수순을 밟고 있다고 판단했다.

하지만 이현주의 생각은 달랐다.

"너무 빨라."

"네?"

"극장에서 내려오는 속도가 너무 빨랐다고. 대단한 신작이 개봉하는 것도 아닌데 갑자기 싹 내려왔거든. 물론 객석 점유율이 하락하긴 했지만, 'IMF'보다 객석 점유율이 더 낮은 작품들도 극장에서 내려오지 않고 계속 버티고 있는 상황이야. 서 대표가 생각하기에도 좀 이상하지 않아?"

'듣고 보니 좀 이상하긴 하네.'

내가 속으로 생각했을 때, 이현주가 다시 말했다.

"그리고 이게 다가 아냐. 사무실로 전화도 걸려 왔었어."

"무슨 전화요?"

"재정국 직원이라는 것만 밝히고는 다짜고짜 서 대표 연락처를 물었어."

"재정국 직원이 제 연락처를 물었다고요?"

내 표정이 심각해졌다.

아까까지만 해도 이현주 대표가 과민 반응을 보이고 있는 거라 여겼는데.

서서히 생각이 바뀌기 시작했을 때였다.

"좀 더 정확히 말하면 레볼루션 필름 서진우 대표 연락처를 물었던 건 아니야."

"그럼요?"

"'IMF' 시나리오를 집필한 작가의 연락처를 물었었어."

비로소 말뜻을 이해한 내가 팔짱을 꼈다.

'왜 내 연락처를 물었을까?'

잠시 후 내가 떠올린 것은 함유석 교수와의 대화였다.

"조심하게. 모피아들이 머잖아 자네를 주시하기 시작할 테니까."

함유석 교수는 대화 말미에 내게 조심하라고 경고했다.

당시만 해도 크게 심각성을 느끼지 못했었는데.

막상 이런 일이 생기자, 비로소 상황의 심각성을 느낄 수 있었다.

하지만 난 웃었다.

"잘 쓰긴 했나 보네요."

"무슨 소리야?"

"시나리오 말입니다. 그러니까 재정국 직원까지 날 찾고 있는 게 아니겠습니까?"

내가 쓴 시나리오가 모피아들이 준비 중인 계획을 정확히 예측했기에 이런 식으로 반응하는 것이란 짐작이 들었을 때였다.

"서 대표, 지금 웃음이 나와?"

"제가 죄를 지은 것은 아니지 않습니까?"

"응?"

"창작의 자유는 국민의 기본권입니다."

"그렇긴 하지만……."

"제 연락처는 알려 주셨죠?"

"응, 명색이 제작사 대표인데 시나리오 작가 연락처를 모른다고 말하면 안 믿을 것 같아서."

이현주 대표가 미안한 표정으로 대답했다

그렇지만 그녀는 내게 전혀 미안해할 필요가 없다.

"잘하셨습니다."

"응?"

"저도 꼭 한번 만나 보고 싶었거든요."

이현주 대표에게 했던 말은 빈말이 아니었다.

대한민국을 국가부도 사태로 몰아넣은 모피아에 속한 이들을 지난 생의 난 한 번도 만난 적이 없었다.

내게 있어서 그들은 딴 세상에 사는 사람들이었기 때문이었다.

그런 그들이 과연 어떤 사람들인지 난 궁금했다.

'언제 연락이 올까?'

계속 신경이 휴대 전화에 쏠려 있을 때였다.

지이잉, 지이잉.

함유석 교수에게서 전화가 걸려 왔다.

"왜 전화하신 거지?"

의아함을 품은 채 내가 전화를 받았다.

"네, 교수님."

─오늘 저녁에 시간 괜찮나?

"그건 왜 물으십니까?"

─자넬 만나고 싶어 하는 사람이 있어서 말이지.

"절 만나고 싶어 하는 사람이 누구입니까?"

─장정우라고 현 재정국 차관이야.

'이런 식으로 만나게 되는구나.'

예상과는 다른 방식의 만남.

그렇지만 현 재정국 차관인 장정우는 IMF 구제 금융 사태를 주도하는 핵심 인물이었다.

모피아의 핵심 인물이기도 했고.

"알겠습니다. 시간과 장소는 어떻게 됩니까?"

─종로에 부용각이란 한정식집이 있네. 거기서 일곱 시에 만나기로 했네.

"알겠습니다. 시간 맞춰서 찾아가겠습니다."

*   *   *

약 두 시간 후, 난 부용각이란 한정식집에 도착했다.

"좋네."

고택을 개조한 한정식집의 내부를 둘러보던 내가 감탄하고 있을 때, 단정한 한복을 입은 여인이 다가왔다.

"어떻게 오셨습니까?"

"함유석 교수님 일행입니다."

"안내해 드리겠습니다."

여인이 날 별실로 안내했다.

"여기입니다."

여인이 소리가 나지 않도록 조심하며 문을 열어 주었고, 내가 안으로 들어섰다.

'저 남자가… 장정우 차관이구나.'

무스를 발라 2:8 가르마를 타고 은테 안경을 쓴 호리호리한 체구의 남자를 유심히 살피고 있을 때였다.

"서진우 군?"

역시 날 유심히 살피던 장정우가 물었다.

"네, 제가 서진우입니다."

"재정국 차관 장정우라고 하네. 앉아서 식사하며 얘기하지."

장정우가 함유석 교수의 옆자리를 권했다.

"오느라 고생했네."

내가 비어 있던 옆자리에 앉자 함유석 교수가 말했다.

"두 분은 어떻게 아시는 사이입니까?"

내가 질문하자 함유석이 대답했다.

"흐음, 앙숙이라고 표현하면 딱 적당할 것 같군."

"앙숙… 이요?"

"회의나 토론 자리에서 만날 때마다 서로 얼굴을 붉힌 채 으르렁거리거든."

함유석이 내린 관계 정의에 큰 불만이 없는 걸까.

장정우는 반박하지 않고 한쪽 입매를 일그러뜨린 채 웃고 있었다.

"그래서 장 차관이 내게 먼저 연락했을 때 좀 놀랐어. 그리고 혹시 오늘 식사 자리를 계기로 우리 관계가 개선될 수 있지 않을까 하는 일말의 기대를 품고서 저녁 식사 약속을 잡은 것이고."

그리고 함유석이 말을 마치기 무섭게 장정우가 말했다.

"교수님, 헛된 기대를 품으셨네요."

"응?"

"저와 교수님의 관계가 개선될 가능성은 희박하니까요. 아니, 없으니까요."

장정우는 딱 잘라 말한 후, 날 바라보았다.

"그럼에도 불구하고 제가 오늘 교수님의 식사 제안에 응했던 이유는 저 젊은 친구 때문입니다."

"서진우 군에게 대체 왜 이리 관심을 가지는 건가?"

"'IMF'라는 영화를 봤거든요."

'재정국 차관인 장정우가 직접 봤구나.'

내가 했던 예상이 빗나가지 않았음을 알아챘을 때, 장정우가 덧붙였다.

"그리고 서진우라는 젊은 친구가 그 영화의 시나리오를 집필했다고 하는데 어찌 관심이 생기지 않을 수 있겠습니까?"

강렬한 시선을 던지고 있는 장정우에게 내가 물었다.

"영화는 어떠셨습니까?"

"아주 흥미로웠네."

장정우에게서 대답이 돌아온 순간, 내가 도발했다.

"보기보다 대인배시군요."

"응?"

"저는 장 차관님께서 영화를 보셨다는 이야기를 듣고 난 후에 내심 걱정하고 있었거든요."

"왜 걱정하고 있었나?"

"어쩌면 기분이 많이 상하셨을 수도 있었겠다는 우려가 들었기 때문입니다."

"......?"

"제가 영화 속에서 차관님을 아주 나쁜 인간으로 묘사했으니까요."

비로소 내 말뜻을 이해한 장정우가 시니컬한 미소를 지은 채 입을 뗐다.

"그 정도는 괜찮아. 원래 내 직업이 어떻게 해도 욕먹는 직업이거든. 그래서 욕먹는 것, 나쁜 놈으로 그려지는 것 따위에는 익숙해."

대수롭지 않다는 듯 대답한 장정우가 덧붙였다.

"그래도 자긍심으로 버티지."

"자긍심… 이요?"

"대한민국 국민을 위해서 봉사한다는 자부심 말이야."

만약 내가 회귀자가 아니었다면?

방금 장정우가 꺼낸 말을 듣고 감동했으리라.

그렇지만 난 그가 모피아의 일원이라는 것을, 그리고 IMF 구제 금융 사태가 발발했을 때 굴욕적인 협상을 주도했던 장본인이라는 사실을 알고 있다.

그래서 난 속지 않았다.

오히려 분노가 치솟았을 때였다.

"단도직입적으로 묻겠네. 그 시나리오를 어떻게 썼나?"

장정우가 여전히 강렬한 시선을 던지며 물었다.

"그냥 썼습니다."

"그냥 썼다?"

"현재 경제 상황을 예측해 보니 외환 보유고 부족으로 IMF에 구제 금융을 신청할 가능성이 높았습니다. 그리고 IMF에 구제 금융을 신청하고 나면 어떤 일들이 벌어질까에 대해서 머릿속으로 상상해서 시나리오를 썼습니다."

함유석 교수도 비슷한 질문을 던졌던 적이 있었다.

당시와 같은 대답을 꺼내서일까.

장정우의 반응은 함유석과 비슷했다.

'이제 겨우 대학 신입생인 주제에 자문도 받지 않고 그런 시나리오를 썼다는 것이 말이 되느냐?'

이런 불신 어린 시선을 던졌으니까.

그렇지만 한 가지 차이는 존재했다.

함유석과 달리 날 노려보고 있는 장정우의 시선에는 적의가 가득했다.

내가 그 시선을 피하지 않고 담담히 맞받고 있을 때였다.

"그 시나리오에는 비밀이 하나 숨어 있네."

나와 장정우 사이에 오가는 대화를 말없이 듣고 있던 함유석 교수가 끼어들었다.

'비밀? 대체 무슨 비밀이 있다는 거지?'

내가 바로 'IMF' 시나리오를 집필한 장본인이었다.

그런데 'IMF' 시나리오를 집필한 작가가 모르는 비밀을 함유석 교수는 알고 있다고 주장하고 있었다.

그로 인해 내가 살짝 당황했을 때, 장정우가 흥미를 드러냈다.

"어떤 비밀이 숨어 있습니까?"

"내가 자문을 맡았다는 사실을 감췄네."

"교수님이 자문을 맡으셨다고요?"

"그러하네."

"그랬군요. 이제 납득이 가네요."

'왜 거짓말을 하시는 거지?'

난 함유석 교수를 'IMF'가 개봉하고 난 후에야 처음 만났다.

그럼에도 불구하고 함유석 교수는 본인이 시나리오를 집필하는 과정에서 자문을 맡았다고 주장했다.

그가 거짓 주장을 하는 연유에 대해서 호기심이 치밀었을 때였다.

"자넨 꼭두각시였겠군."

장정우가 날 바라보며 입을 뗀 후, 다시 함유석에게 고개를 돌렸다.

"꽤 기발한 방식이었습니다. 그렇지만… 달라지는 것은 없습니다."

"무슨 뜻인가?"

"교수님이 아무리 막으려고 시도해도 막을 수 없는 것이 있습니다. 세상에는 흐름이라는 것이 있으니까요."

"흐음."

함유석이 침음성을 터뜨렸을 때, 장정우가 미련 없이 자리에서 일어섰다.

"왜 벌써 일어나는가?"

함유석이 묻자, 장정우가 대답했다.

"들어야 할 이야기는 다 들은 것 같습니다. 급히 처리해야할 일도 떠올랐고요. 계산은 제가 할 테니 마저 식사하시고 나오십시오."

장정우가 함유석에게 가볍게 고개를 숙인 후 별실을 떠났다.

"다행이군."

그리고 방 안에 둘만 남겨진 순간, 함유석이 불쑥 말했다.

"왜 다행이란 겁니까?"

"자네에 대한 경계심이 사라졌으니까."

'아!'

그 대답을 들은 순간, 난 아까 함유석이 'IMF' 시나리오를 집필하는 과정에서 자문을 맡았다고 거짓 주장을 한 이유를 깨닫게 됐다.

장정우가 내게 가지고 있는 경계심과 적의를 덜기 위한 일종의 방편.

그리고 함유석의 계획은 적중했다.

날 바라보며 '자넨 꼭두각시였겠군'이라고 말하던 장정우의 두 눈에는 경계심과 적의가 사라져 있었다.

또, 먼저 일어난 후 떠나기 전에 나와 인사를 나누긴커녕 시선조차 주지 않았었다.

이것이 나에 대한 장정우의 경계심이 사라졌다는 증거.

"그럼 저를 위해서 거짓말을 하셨던 겁니까?"

"맞네."

"왜 그렇게까지……?"

"서진우 군은 앞으로 이 나라를 위해서 큰일을 할 사람이란 직감이 들었거든. 그래서 거짓말을 했네."

'또… 신세 졌네.'

함유석에게 한 번 더 신세를 졌다고 판단했을 때였다.

"같이 술 한잔할 텐가?"

"술… 이요?"

"기분이 더러워서 술 한잔하고 싶군."

함유석의 대답을 들은 내가 탁자 구석에 놓여 있던 술 주전자를 들어 올렸다.

"한 잔 드리겠습니다."

"고맙네."

그는 잔을 받자마자 단숨에 비웠다.

나도 앞에 놓여 있던 잔을 채운 후 입으로 가져갔을 때였다.

"힘이 없다는 게 슬프군."

함유석이 씁쓸한 목소리로 말했다.

"내가 아무리 떠들어 봐야 달라지는 건 없어. 모피아들은 결국 자신들의 잇속을 챙기는 데 혈안이 된 자들이야. 그로 인해 우리 국민들이 고통을 겪는 것 따위는 안중에도 없지."

사기로 만들어진 작은 술잔을 꽉 움켜쥐고 있는 함유석의 손이 바르르 떨리고 있었다.

그런 그가 분노가 담긴 목소리로 덧붙였다.

"그런데도 할 수 있는 게 아무것도 없어."

독한 술이어서일까.

입속에 머금고 있던 술을 삼키자마자 배 속이 뜨겁게 달아올랐다.

"어쩌면 할 수 있는 게 있을 수도 있습니다."

내가 술 주전자를 향해 손을 뻗으며 말하자, 함유석이 번쩍 고개를 들었다.

"뭘 할 수 있단 말인가?"

그 질문에 내가 대답했다.

"장정우 차관에게 잽 정도는 날릴 수도 있을 것 같습니다."

*   *   *

재정국 차관 장정우.

내가 그를 만난 것은 이번이 처음이었다.

그런데 별실에서 처음 마주쳤을 때, 이상하게 낯이 익다는 느낌을 받았다.

그리고 얼굴만 낯이 익은 게 아니었다.

장정우라는 이름도 들어 본 적이 있었다.

하지만 계속 어디서 봤는지 기억이 떠오르지 않았는데.

장정우가 먼저 일어난 후 몸을 돌려 별실을 빠져나가는 뒷모습을 지켜보다가 퍼뜩 기억이 떠올랐다.

그가 정우그룹 회장이었다는 것이.

'언제였더라?'

정확한 시기까지는 기억이 나지 않는다.

'2016년? 2017년?'

대충 그 무렵이었던 것과 횡령 혐의로 고소당한 정우그룹 회장 장정우가 검찰 포토 라인 앞에 서서 고개를 숙인 후 도망치듯 서둘러 걸음을 옮겨서 주차되어 있던 고급 세단에 올랐던 모습이 기억났다.

그리고 그 뒷모습이 무척 닮아 있었던 덕분에 난 장정우를 떠올리는 데 성공했던 것이었다.

재정기획부 차관에서 정우그룹 회장으로.

지금으로부터 약 20년가량의 시간이 흘렀을 때, 장정우의 신분은 확 달라져 있었다. 그리고 그가 정우그룹 회장이란 것을 떠올린 순간, 난 그에게 한 방 먹일 수 있는 방법을 떠올릴 수 있었다.

그리고 그 방법을 실천으로 옮기기 위해서 난 손진경에게 만나자고 청했다.

"서 이사, 회의가 늦게 끝났어. 미안."

약속 시간보다 십 분가량 늦게 도착한 손진경이 먼저 미안하다고 사과한 후 물었다.

"그런데 무슨 일 때문에 만나자고 했어?"

"선물 하나 드리려고 왔습니다."

"선물? 갑자기 무슨 선물을 준다는 거야?"

"문득 손 대표님께 미안하다는 생각이 들어서요."

"나한테? 혹시… 무슨 죄 졌어?"

"그건 아닙니다."

"그럼 왜 미안한 건데?"

"수익은 못 내고 계속 자금만 투입되고 있으니까요."

내가 대답하자, 손진경이 두 눈을 반짝반짝 빛냈다.

"그래서 날 위해 선물을 준비했다?"

"네."

"어떤 선물을 준비했을지 벌써 기대되는데."

VIP 고객 전담 팀 발족과 명품관 운영.

처음 손진경을 만났을 때 내가 건넸던 조언이었다.

손진경은 그 조언을 받아들여 동화백화점 내에 VIP 고객 전담 팀을 발족해 운용하고 있었고 명품관도 운영해서 큰 수익을 거두었다.

그래서 내 능력에 대한 신뢰가 있는 손진경은 기대가 무척 큰 표정을 짓고 있었다.

"M&A 한번 하시죠."

그리고 내가 준비해 온 선물에 대해 언급하자마자 손진경이 두 눈을 치켜떴다.

"M&A를 하라고?"

"네."

"서 대표, 요새 경기가 얼마나 안 좋은 줄 알아?"

"알고 있습니다."

"그런데도 M&A를 하라고? 독이 든 성배일 수도 있어."

잘못 먹으면 탈이 난다는 두려움으로 인해 손진경은 그다지 내키지 않는 표정이었다.

그 표정을 확인한 내가 다시 입을 뗐다.

"독이 든 성배가 아니라 알짜 기업을 거저먹을 수도 있죠."

"하지만……."

"좋은 경영자는 위기를 기회로 바꾸는 법입니다. 그리고 아무리 경기가 어려워도 굶고 살 수는 없는 것 아닙니까?"

내 말이 끝난 순간, 손진경이 다시 두 눈을 반짝였다.

"식품 관련 업체를 합병하라?"

'확실히 감각이 있어.'

내심 감탄하면서 내가 고개를 끄덕였다.

"혹시 두정식품을 아십니까?"

"두정식품? 모르겠는데."

"모르실 수도 있습니다. 식품 관련 작은 회사이니까요."

"그런데 서 이사는 두정식품을 어떻게 아는 거야?"

"제가 음식 쪽에 관심이 많거든요. 괜히 자파구리 레시피를 알고 있는 게 아닙니다."

"인정. 그런데 두정식품을 갑자기 언급하는 이유가 뭐야? 혹시 인수 합병 하려는 게 두정식품이야?"

"맞습니다."

"그런데 왜 하필 두정식품이야?"

손진경이 의아한 표정으로 질문했다. 그리고 내가 하필이면 두정식품을 인수 합병 하려는 데는 이유가 있다.

함유석 교수 앞에서 공언했던 대로 장정우에게 잽을 한 방 날리기 위한 밑 작업이라고 할 수 있었다.

정우그룹의 시작점은 정우식품.

정우식품이 급성장하며 큰 수익을 거둔 것을 바탕으로 인수 합병에 성공하면서 장정우는 정우그룹을 일궈 냈다.

그래서 난 두정식품을 인수 합병 하여 정우식품의 급성장을 막을 생각이었다.

'잽이 아니라… 카운터펀치가 될 수도 있겠네.'

내가 속으로 생각하며 대답했다.

"기가 막힌 식품 쪽 사업 아이템이 있거든요."

그 대답을 들은 손진경이 다시 물었다.

"자파구리?"

'자파구리 맛이 인상적이긴 했었나 보네.'

언제 기회가 되면 손진경 대표에게 자파구리를 끓여서 대접해 줘야겠다는 생각을 하면서 내가 입을 뗐다.

"자파구리와는 비교도 할 수 없는 대단한 아이템입니다."

내가 호언장담하자 손진경 대표가 가만히 앉아 있지 못하고 몸을 들썩였다.

몸이 바짝 달았다는 증거.

"그 대단한 아이템이 대체 뭔데?"

손진경 대표가 던진 질문에 내가 대답했다.

"밥입니다."

*　　　　　*　　　　　*

'대단한 아이템이… 대체 뭘까?'

손진경이 판단하는 서진우의 장점은 두 가지.

대학 신입생이라는 것이 믿기지 않을 정도로 경영 감각이 뛰어나다는 점과 본인이 한 말을 꼭 지킨다는 점이었다.

그런 서진우가 대단한 아이템이라고 호언장담했다.

그래서 손진경이 잔뜩 기대한 채 기다리고 있을 때, 서진우가 대답했다.

"밥입니다."

그 대답을 들은 손진경이 실망한 기색을 감추지 못한 채 되물었다.

"밥… 이라고?"

"네, 좀 더 정확히 표현하면 즉석 밥입니다."

'즉석 밥은 또 뭐야?'

즉석 밥이란 표현.

무척 생소했기에 손진경이 고개를 갸웃하며 물었다.

"즉석 밥이라는 게 뭐야?"

"밥을 데워서 바로 먹는 겁니다."

"……?"

"컵라면과 비슷한 개념이라고 보시면 됩니다."

뜨거운 물을 부어서 면이 익을 때를 기다렸다가 바로 먹을 수 있는 컵라면과 비슷한 개념이란 설명을 듣고서야 즉석 밥에 대한 이해가 갔다.

하지만 손진경의 머릿속에는 여전히 의문부호들이 여럿 떠올라 있었다.

"즉석 밥이란 게… 과연 수요가 있을까? 밥솥에 밥을 해서 먹으면 되는데 굳이 즉석 밥을 사서 먹을 사람이 있을까?"

"수요는 분명히 존재합니다."

"왜 그렇게 확신해?"

"손 대표님은 지금 혼자 사시죠?"

"응."

"평소 식사는 어떻게 해결하십니까?"

"주로 사 먹지. 간혹 집에서 해결할 때는 가사를 도와주는 아줌마가 만들어 주시고."

"가사를 도와주는 분이 없으면요?"

"응?"

"혼자 살지만, 손 대표님처럼 부자가 아니라서 가사를 도와주는 분이 없다면 밥을 직접 해 먹어야 합니다. 그런데 끼니때마다 밥솥에 밥을 하는 것, 귀찮지 않습니까?"

"그렇겠지?"

"게다가 밥의 양을 조절하기도 쉽지 않습니다. 그래서 먹고 남은 밥을 버리는 경우도 부지기수고요. 그런데 만약 전자레인지에 2분 데우는 것만으로도 따뜻한 밥 한 그릇을 먹을 수 있다면 어떨까요?"

"편하긴 하겠네."

"바로 그겁니다."

"……?"

"대단한 발명품들은 대부분 생활의 불편함을 해소하기 위해서 고민하는 과정에서 발명됩니다. 끼니때마다 밥솥에 밥을 안치고 밥이 완성되기까지 삼십 분씩 기다리는 것이 귀찮은 사람들의 입장에서 즉석 밥은 무척 매력적인 아이템이라고 인식될 겁니다."

'말 참 잘해.'

서진우는 조리 있게 말을 잘하는 편이었다.

게다가 설득력도 있었다.

그래서 처음 즉석 밥에 대해 들었을 때만 해도 의문 부호만 가득했던 손진경의 생각이 서서히 바뀌기 시작했다.

그때, 서진우가 다시 입을 뗐다.

"향후 주거 형태도 바뀐다는 점도 고려해야 합니다."

"그건 또 무슨 소리야?"

"손 대표님이나 저처럼 혼자 사는 일인 가구가 늘어날 겁니다. 그리고 맞벌이 가구의 비중도 높아질 거고요. 학교에서 공부를 하거나, 회사에서 일을 마치고 집에 와서 식사 준비를 하는 것, 분명 힘들고 귀찮은 일입니다. 그렇다면 더 간편한 것을 원하게 될 가능성이 높으니, 즉석 밥에 대한 수요가 높아질 겁니다."

'이거… 잘하면 될 수도 있겠는데.'

서진우에게 설득당한 손진경이 두 눈을 반짝였을 때였다.

"단, 여기에는 한 가지 전제 조건이 있습니다."

"그 전제 조건이 뭐야?"

"맛있어야 한다는 겁니다. 전기밥솥으로 한 밥과 비교하더라도 손색이 없을 정도로 밥이 맛있어야만 즉석 밥에 대한 호기심이 직접적인 수요로 바뀔 수 있습니다."

이번에도 옳은 지적.

그래서 손진경이 고개를 끄덕인 후 물었다.

"즉석 밥을 전기밥솥으로 지은 밥 못지않게 맛있는 밥으로 만들 방법은 무엇일까?"

"그건 저도 모릅니다."

"응?"

"그 방법을 알고 있는 사람은 따로 있습니다."

*　　　　*　　　　*

'넘어왔네.'

처음 즉석 밥에 대한 이야기를 꺼냈을 당시, 손진경의 반응은 시큰둥했다.

하지만 지금은 두 눈을 초롱초롱 빛내고 있었다.

내 언변술이 뛰어나서가 아니었다.

손진경이 갖고 있는 동물적인 사업 감각이 즉석 밥은 되는 아이템이라는 것을 알아챘기 때문이었다

'선점이 중요해.'

즉석 밥이 출시된 후 성공을 거두고 나면, 다른 이름을 붙인 유사 제품이 출시된다.

하지만 처음으로 출시된 즉석 밥의 아류라는 이미지에서 벗어나긴 힘들다.

그래서 가장 먼저 출시하는 것이 아주 중요했다.

'엄마밥이었지.'

지난 생에 가장 먼저 출시된 즉석 밥의 제품명은 '엄마밥'이었다. 그리고 '엄마밥'을 출시한 곳이 바로 정우푸드다.

'엄마밥'의 대성공으로 인해 정우푸드는 빠르게 성장했고 주가도 크게 치솟았었다.

지난 생의 나 역시 '엄마밥'의 애용자였다. 그리고 '엄마밥'의

출시 뒤에 담긴 숨겨진 비밀을 알고 있었다.

'기술과 아이디어를 강탈했었어.'

〈중소기업 사장의 죽음 뒤에는 정우그룹의 횡포가 있었다.〉

내 기억 속에 남아 있는 기사 내용이었다.

'엄마밥'이 대성공을 거두고 난 후 1년가량 시간이 흐른 시점, 두정식품이란 중소기업 대표가 스스로 목숨을 끊은 사건이 인터넷 매체에 의해서 조명됐었다. 그리고 기사를 작성한 기자는 사건에 대해 깊이 조사했었다.

정우푸드에서 중소기업인 두정식품에서 오랜 연구 끝에 개발 직전이었던 즉석 밥과 관련된 기술을 정당한 대가를 지불하지 않고 빼앗아 갔고, 그로 인해 자금난에 시달렸던 두정식품 대표가 부도를 맞은 후 억울함을 이기지 못하고 스스로 목숨을 끊었던 것이 사건의 주요 내용.

그리고 내가 언급했던 즉석 밥을 맛있게 만들 수 있는 방법을 알고 있는 사람이 바로 두정식품의 대표인 고우석이었다.

"그 사람이 대체 누군데?"

손진경이 호기심을 참지 못하고 물었다.

"나중에 알려 드리겠습니다."

"왜 나중에 알려 준다는 건데?"

"지금은 때가 아닌 것 같아서요."

모든 일에는 다 때가 있는 법이었다.

성공할 제품을 선점한다고 하더라도 무조건 성공하는 것은 아니다.

너무 일찍 제품을 출시하면 대중들이 낯설어하며 거부감을 느낄 수도 있기 때문이었다.

'딱 반걸음 앞서야 해.'

일전에 박준용에게 했던 조언과 비슷했다.

거기까지 생각이 미친 순간, 내가 다시 입을 뗐다.

"일단은 M&A를 위한 자금부터 확보하시죠."

*   *   *

'헌법학 개론'

전공 수업을 듣기 위해서 법대 건물 앞에 도착했을 때, 난 평소와는 조금 분위기가 다르다는 것을 알아챘다.

"공대 여신, 아냐?"

"난 공대 애들이 여학생들이 워낙 없어서 아무한테나 여신 타이틀을 붙인 거라고 생각했는데 아니었네."

"경영대 여신 이태리보다 더 예쁜 것 같아."

"법대 말고 공대 갈걸."

삼삼오오 모인 법대 남학생들이 건물 앞에 서 있는 여학생을 힐끔거리며 수군거리고 있었다.

'공대 여신? 대체 얼마나 예쁘길래 이렇게 오버하는 거야?'

무심코 여학생들에게 고개를 돌렸던 내가 두 눈을 빛냈다.

'유승아… 구나.'

난 금세 유승아의 얼굴을 기억해 냈다. 그리고 유승아도 날 알아봤다.

저벅저벅.

그런 그녀가 거침없이 걸음을 옮겨서 내 앞으로 다가왔다.

"어디 가는 거야?"

"저거 서진우 아냐?"

"서진우한테 걸어가는 것 같은데?"

"설마 두 사람이 아는 사이야?"

법학과 남학생들이 질시와 동경이 섞인 시선을 던지며 수군 거렸지만, 유승아는 전혀 개의치 않고 내 앞에 멈춰 섰다.

"내 연락처 못 받았어?"

"받았습니다."

"그런데 왜 연락 안 해?"

"깜박했습니다."

내가 깜박하고 연락하는 걸 잊었다고 대답하자, 귀를 쫑긋 세우고 우리 대화를 엿듣던 법학과 남학생들이 다시 수군거리기 시작했다.

"서진우, 진심 미친 것 아냐?"

"어떻게 공대 여신이 연락을 기다리게 할 수가 있어?"

"고자 아닐까?"

"고자보단 게이일 확률이 더 높은 것 같은데?"

'저것들이 진짜!'

멀쩡한 사람한테 고자니 게이니 하는 음모론을 제기하고 있는 한심한 놈들을 내가 째려보았을 때였다.

"재밌네."

유승아가 불쑥 말했다.

입으로는 재밌다고 말하고 있었지만, 날 노려보는 유승아의 눈빛은 순간 흠칫했을 정도로 살벌했다.

'자존심이 많이 상했나 보네.'

무려 공대 여신으로 추앙받은 유승아였다.

게다가 난 유승아가 감추고 있는 신분도 알고 있다.

구룡그룹 유명석 회장의 막내딸이라는 신분.

그런 유승아가 이태리를 통해 먼저 연락처를 건넸음에도 불구하고, 난 차일피일 미루다가 아직까지도 연락을 하지 않았다.

그러니 그녀의 자존심이 상했을 가능성은 충분했다.

"특이하시네요."

"왜 특이하단 거야?"

"제가 유머 감각이 뛰어난 편은 아니거든요."

"그건 내가 직접 확인하고 판단할게."

"어떻게요?"

"차 마시자."

"지금… 이요?"

"응. 지금 당장."

"곧 수업 있습니다."

"째."

'헐!'

너무 당당하게 수업을 째라고 요구하는 바람에 내 말문이
일순 막혔을 때였다.

"이미 알고 있어."

유승아가 덧붙였다.

"뭘 알고 있다는 겁니까?"

내가 묻자, 그녀가 당당하게 대답했다.

"태리한테 들었어."

"……?"

"수업 잘 쨴다는 것 말이야."

Chapter. 3

'본의 아니게 또 적을 잔뜩 만들었네.'

수업을 과감히 째고 커피 전문점에 도착한 내가 한숨을 푹 내쉬었다.

공대 여신 유승아가 날 만나기 위해서 찾아왔다는 것만으로도 내게 열등감을 갖고 있는 법학과 남자 동기들의 적개심이 더 강해졌을 터.

'이럴 줄 알았으면 차일피일 미루지 말고 일찍 연락할걸.'

뒤늦은 후회를 하고 있을 때, 유승아가 날 빤히 바라보며 입을 뗐다.

"태리가 말 안 했어?"

"무슨 말이요?"

"내가 구룡그룹 막내딸이라는 것 말이야."

"말했습니다."

"그런데도 내게 연락하는 것을 깜박했다?"

"네."

"확실히 재밌네."

유승아는 재차 내게 재밌다는 평가를 내렸다.

이번엔 딴지를 거는 대신 내가 화제를 전환했다.

"절 만나려고 하신 이유가 뭡니까?"

"네가 궁금해졌거든."

"왜 궁금해졌습니까?"

"창주 선배가 관심을 가졌으니까."

'김창주!'

게임제작사 'NEXT END'의 대표인 김창주의 이름이 흘러나온 순간, 내가 흥미를 느끼며 자세를 고쳐 앉았다.

"김창주 선배가 왜 제게 관심을 가진 겁니까?"

"나도 몰라. 그렇지만 짐작 가는 이유는 있어."

"그 이유가 뭡니까?"

"말발."

"……?"

"그날 동아리방에서 네 말발이 대단했거든."

내가 쓴웃음을 지으며 물었다.

"김창주 선배는 요즘 어떻게 지내고 계십니까?"

"나도 몰라. 한동안 코빼기도 안 보였거든."

'무슨 일이 있나?'

내가 의문을 품었을 때, 유승아가 덧붙였다.

"배가 아파서 쓰러졌을 수도 있지. '바람의 세계'가 대박 조짐이 보이거든."

"아!"

내가 말뜻을 이해했다.

'NEXT END'를 인수한 'SC SOFT'는 자금력을 앞세워 '바람의 세계'를 본격적으로 홍보하기 시작했고, 덕분에 재밌다는 입소문이 퍼지면서 동시 접속자 수가 빠르게 증가하고 있는 추세였다.

'일주일 전에 접속했을 때 동시 접속자 수가 4,000명에 육박했었지.'

내가 며칠 전 기억을 떠올리는 데 성공했을 때, 유승아가 다시 입을 뗐다.

"정확했어."

"뭐가 정확했단 겁니까?"

"그날 동아리방에서 '바람의 세계'가 흥행하지 못했던 이유에 대해 네가 했던 분석이 모두 맞았다는 뜻이야."

"자리 한번 마련해 주시죠."

"창주 선배와 만날 수 있는 자리를 마련해 달란 뜻이야?"

"네."

"왜 창주 선배를 만나려는 건데?"

유승아가 던진 질문에 내가 대답했다.

"배 아파서 죽기 전에 일단 사람부터 살려 놔야 할 것 같아
서요."

*   *   *

딸깍, 딸깍.

마우스를 클릭하던 김창주가 한숨을 내쉬었다.

'더 좋은 게임을 만들면 돼.'

이렇게 마음을 다잡아 보지만 쉽지 않다.

어느새 고개를 돌려서 '바람의 세계'의 동시 접속자 수를 확
인하고 있었으니까.

'유료 동시 접속자 수가 5,000명을 넘었네.'

비유를 하자면 김창주에게 '바람의 세계'는 입양을 보낸 자
식이었다.

내 손을 떠나서 남의 손에서 자라게 된 자식이 잘 되는 것.

응당 기뻐해야 할 일이었다.

그렇지만 못내 미련이 남는 것은 어쩔 수 없다.

"서진우의 분석이 전부 맞았군."

SC SOFT에서 서비스하고 있는 '바람의 세계'는 게임 내적

으로는 이전과 달라진 것이 거의 없었다.

그럼에도 불구하고 동시 접속자 수가 폭발적으로 증가하고 있는 데는 두 가지 요인이 있었다.

첫째는 유료 서비스를 무료 서비스로 전환해서 가입자 수가 더 늘어날 때까지 기다린 것, 둘째는 '바람의 세계'만의 장점과 기존 게임과의 차별화 요소들을 적극적으로 홍보했다는 것이었다.

그 결과 유저들에게 독특하고 재밌다는 입소문이 퍼지면서 유료 서비스로 전환한 후에도 꾸준히 동시 접속자 수가 늘어나고 있었다.

이 두 가지 모두 서진우가 짚었던 '바람의 세계'의 실패 요인들.

"앞으로 더 늘어나겠군."

서진우는 앞으로 시간이 흘러서 인터넷 환경이 개선되면 '바람의 세계'의 동시 접속자 수가 더 늘어날 거라고 예측했었다.

"'바람의 세계'를 SC SOFT에 넘긴 것을 땅을 치며 후회할 거란 예측도 적중했고."

김창주가 쓰디쓴 미소를 머금었을 때였다.

지이잉, 지이잉.

휴대 전화가 진동했다.

"승아구나."

다른 사람에게서 걸려 온 전화였다면 받지 않았을 것이었다.

지금은 기분이 우울해서 어느 누구도 만나고 싶지 않았으니까.

하지만 유승아는 달랐다.

그녀가 서진우에 대해서 자세히 알아보겠다고 약속했었기 때문이었다.

"어, 승아야."

─선배, 지금 시간 괜찮으세요?

"지금?"

─네. 제가 지금 서진우와 함께 있거든요. 오늘 못 만나면 또 언제 만날 수 있을지 모르겠다는 우려가 들어서요.

"알았다. 어디로 가면 돼?"

유승아가 알려준 장소는 청춘 포차.

한국대학교 졸업생인 김창주도 잘 알고 있는 장소였다.

바로 집을 빠져나와 택시를 탄 김창주는 약 반 시간 후 청춘 포차에 도착했다. 그리고 유승아와 서진우를 발견한 그가 탁자 앞으로 다가갔다.

"승아야."

"선배, 오셨네요."

우선 유승아와 인사를 나눈 후 김창주가 서진우를 바라보았다.

"이렇게 다시 만나게 돼서 반가워."

"저도 반갑습니다."

가볍게 악수를 나눈 후 김창주가 비어 있던 유승아의 옆자리에 앉았다.

"한잔하실래요?"

"그래."

유승아가 따라 준 소주를 김창주가 막 비웠을 때, 서진우가 물었다.

"속이 많이 쓰리시죠?"

정곡을 찔린 김창주가 쓴웃음을 지은 채 대답했다.

"속이 쓰리지 않다면 거짓말이겠지."

"이제 어떻게 하실 겁니까?"

"송충이는 솔잎을 먹고 사는 법이야. 다시 게임을 만들어야지."

'속이 많이 쓰려서 그게 쉽지는 않지만'이란 말을 김창주가 삼켰을 때, 서진우가 다시 입을 뗐다.

"새로 시작하려면 과거의 미련부터 털어내야 합니다."

'역시… 탐나는 인재야.'

자신의 속내를 정확히 꿰뚫어 보고 있는 서진우에게 김창주가 새삼스러운 시선을 던졌을 때였다.

"'바람의 세계'를 넘긴 것으로 본 손해가 얼마나 된다고 판단하십니까?"

서진우가 질문했다.

'얼마나 손해를 봤을까?'

김창주도 혼자 방에 틀어박힌 채 그 선택으로 인해서 얼마나 손해를 봤을지에 대해서 계속 고민해 보았다.

"대략 10억 정도 손해를 본 것 같아."

그래서 김창주가 대답한 순간, 서진우가 고개를 흔들며 입을 뗐다.

"제 생각엔 100억 이상 손해를 본 것 같습니다."

*   *   *

'아직 상황 파악을 제대로 못 하고 있네.'

김창주가 '바람의 세계'를 SC SOFT에 넘긴 것으로 인해 본 손해가 십억 정도라고 추정하는 것을 듣고서 내가 한 생각이었다.

지난 생의 난 게임업계 종사자가 아니었다.

그래서 나 역시 '바람의 세계'의 매출이 정확하게 어느 정도인지는 알지 못한다.

하지만 대략이나마 추정은 가능했다.

'아직 제대로 시작도 안 했어.'

서서히 독특하고 재밌는 게임이라는 입소문이 퍼지고 있는 '바람의 세계'의 흥행은 이제 시작 단계였다.

내 기억이 틀리지 않다면 '바람의 나라'의 누적 가입자 수는 이천만 명에 육박했다.

또 국내뿐만 아니라 아시아 시장을 넘어 북미 시장에도 연착륙하며 성공을 거뒀었다.

'최소 100억 이상!'

이 정도로 크게 흥행했으니 김창주가 최소 100억 이상 손해를 봤을 거라고 추정한 것이었다.

"허허, 100억을 손해 봤다니."

충격이 커서일까.

김창주는 실소를 흘리며 망연자실한 표정을 감추지 못하고 있었다.

그런 그의 반응을 살피던 내가 떠올린 생각은 확실히 현실 감각이 없는 편이라는 점이었다.

'속이 쓰릴 만도 하지.'

어쨌든 가뜩이나 속이 쓰릴 김창주의 마음에 내가 굳이 소금까지 뿌린 데는 나름의 이유가 있었다.

'독기 좀 품으시죠.'

이대로 내버려 둔다면 김창주가 새로운 게임을 제작해서 재기하는 데 무척 오랜 시간이 걸릴 가능성이 높았다. 그래서 독기를 품고 새로운 게임 제작에 돌입하게 만들기 위해서 일부러 소금을 뿌린 것이었다.

"선배님, 이제 사업은 취미가 아니라는 걸 깨달으셨습니까?"

내 질문에 김창주가 고개를 끄덕이며 대답했다.

"내가… 너무 순진했어. 또 쉽게 생각했어."

그리고 지그시 입술을 깨문 채 자신의 실수를 인정하는 것을 확인한 내가 희미한 웃음을 머금었다.

'적어도 교훈은 얻었네.'

황금알을 낳는 거위나 다름없는 게임 '바람의 세계'를 거저 넘기는 과정에서 김창주도 아무것도 얻은 게 없는 것은 아니었다.

최소한 교훈은 얻었으니까.

그 반응을 확인한 내가 다시 입을 뗐다.

"복수하시죠."

"복수… 라니?"

의아한 표정을 지은 채 질문하는 김창주에게 내가 대답했다.

"내 것을 뺏겼으니 남의 것을 빼앗아 와야죠."

＊　　　＊　　　＊

김창주와 김덕진.

한국 게임 산업의 중흥기를 이끈 두 명의 주요 인물들이었다.

'NEXT END'의 대표 이사인 김창주가 개발한 대표작들은 '바람의 세계'와 '파이터 인 던전'과 '메이플 라이프', '카트 라이더스' 등이었다.

'SC SOFT'의 대표 이사인 김덕진이 개발한 대표작들은 '라니지 온라인'과 '로그네이션', '사이퍼스' 등이었다.

어느 한쪽으로 무게 추가 기울지 않을 정도로 대단한 히트작들을 연달아 배출해 내며 김창주와 김덕진은 경쟁 관계를 유지했다. 그리고 회귀자인 내가 도움을 주기로 선택한 인물은 두 사람 중 김창주였다.

SC SOFT 대표이자 게임 개발자 김덕진.

그 역시 대단한 인재였다. 그리고 김덕진에게 개인적인 감정은 없었다.

오히려 그에게 내심 고마운 감정을 갖고 있었다.

내가 '라니지 온라인'의 열혈 유저 중 한 명이었기 때문이었다.

'차 한 대 날렸었지.'

지난 생의 나는 '라니지 온라인'이라는 게임에 빠져서 중형차 한 대를 살 수 있는 돈을 날렸었다.

그렇지만 그것 때문에 김덕진을 원망하지는 않았다.

'라니지 온라인'에 빠졌던 것도, 게임에 빠져서 현질을 했던것도 결국 내 선택이었기 때문이었다.

그럼에도 불구하고 내가 김덕진이 아니라 김창주를 돕기로선택한 이유는 SC SOFT가 플랜비 인베스트먼트의 투자를 받았기 때문이었다.

플랜비 인베스트먼트의 배후는 양신쿼 회장이 이끄는 중국 자본.

만약 SC SOFT가 더 승승장구한다면?

결국 중국에만 좋은 일을 시켜 주는 셈이었다.

그리고 내가 SC SOFT 김덕진에게서 빼앗아 오려는 것은 '라니지 온라인'이다.

'게임 산업의 패러다임을 바꾼 걸작.'

'라니지 온라인'에 대한 평가는 엇갈리는 편이었다.

아주 잘 만든 재밌는 게임이란 호평과 과금을 유도하는 데 혈안이 된 도박이나 다름없는 사행성 게임이란 악평.

그렇지만 어느 누구도 부인할 수 없는 것은 '라니지 온라인'이 크게 성공했다는 점과 SC SOFT의 대표작이라는 거였다.

'내가 중형 차 한 대 값을 날렸으니 더 말할 필요도 없지.'

내 생각이 거기까지 미쳤을 때였다.

"난… 자신이 없다."

김창주가 자신이 없다고 밝혔다.

'아직 독기를 안 품었네.'

그 사실을 깨달은 내가 다시 입을 뗐다.

"'바람의 세계'라는 명작 게임을 개발하신 선배님이 하실 말씀은 아닌 것 같은데요?"

"내가 우려하는 것은… 똑같은 상황이 반복되는 것이야."

"무슨 뜻입니까?"

"다시 열심히 게임을 만들어 내놓는다고 해도 '바람의 세계'처럼 남 좋은 일만 시킬 수도 있다는 걱정이 앞서."

"그 문제는 전략으로 극복할 수 있습니다."

"전략… 이라니?"

"선배님은 게임 개발자 역할을 맡아서 좋은 게임만 개발하십시오. 제가 경영 전략가로서 선배님을 돕겠습니다."

"진우, 네가 날 돕겠다고?"

"네, 그걸 바라시고 절 만나신 것 아닙니까?"

김창주가 괜히 내게 관심을 가졌을 리 없다.

백 투 더 퓨처 동아리방에 찾아가서 언급했던 '바람의 세계'의 실패 요인 분석이 무척 인상적이었기 때문에 내게 관심을 가졌으리라.

"어떻게… 알았어?"

"상대의 마음을 읽는 것, 경영의 기본이니까요."

"하지만……."

내가 소주병을 들어 그의 잔을 채워 주며 덧붙였다.

"선배님, 기회는 자주 찾아오지 않습니다."

*   *   *

쿵.

김창주는 술이 센 편이 아니었다.

유승아가 기억하는 그의 주량은 소주 반 병.

하지만 기분이 좋아서일까.

서진우와 연신 건배하며 평소 주량을 넘긴 김창주는 결국 술기운을 이기지 못하고 탁자에 쓰러져 잠들어 버렸다.

'창주 선배가 이렇게 취한 걸 본 건 처음이네.'

잠들어 버린 김창주를 바라보던 유승아가 서진우에게 고개를 돌렸다.

'멀쩡하네.'

김창주와 함께 술을 적지 않게 나눠 마셨음에도 서진우는 전혀 취한 기색이 아니었다.

그런 그에게 유승아가 물었다.

"돈 있어?"

"술값 걱정은 안 하셔도 됩니다."

"계산은 내가 할 거야."

명색이 구룡그룹 유명석 회장의 막내딸인데 포장마차에서 먹은 술값이 대수일까.

유승아가 던진 질문의 의미는 다른 것이었다.

"투자금을 마련할 수 있느냐고 물은 거였어."

"5억을 투자하겠습니다."

서진우는 술을 마시던 도중 김창주에게 5억을 투자하겠다고 선언했다.

5억은 큰돈.

아직 대한 신입생에 불과한 서진우가 그렇게 큰돈을 어떻게 마련할지에 대해서 걱정과 호기심이 동시에 생겼기에 던진 질문이었다.

"만약 없다면 빌려주실 겁니까?"

"응?"

"구룡그룹 유명석 회장님의 막내딸이시니까 돈 많으실 것 아닙니까?"

"돈은 있는데……."

"절 못 믿겠다?"

유승아가 입을 다물고 있자, 침묵의 의미는 긍정이라고 판단한 서진우가 픽 웃으며 입을 뗐다.

"빌려주신다고 해도 안 받을 겁니다."

"왜지?"

"나눠 먹기 싫으니까요."

그 대답을 들은 유승아가 다시 물었다.

"창주 선배가 정말 성공할 거라고 믿는 거야?"

"그냥 믿는 게 아니라 확신하고 있습니다."

"그렇게 확신하는 근거가 뭐야?"

"그건 말씀드릴 수 없습니다. 영업 비밀이거든요."

슬쩍 대답을 피한 서진우가 덧붙였다.

"그리고 허언은 하지 않습니다. 5억 있습니다."

"부모님이 부자야?"

"아버지가 삼환공업 다니십니다."

'삼환공업?'

유승아가 재빨리 기억을 더듬었다.

하지만 그녀의 기억 속에 삼환공업이란 회사는 없었다.

"그럼 아버지가 삼환공업 대표이신 거야?"

그래서 유승아가 기억을 더듬는 것을 포기하고 질문하자, 서진우가 고개를 가로저으며 대답했다.

"과장이십니다."

'대표가 아니라 과장이라고?'

예상치 못했던 서진우의 대답에 당황했지만, 유승아는 겉으로 내색하지 않고 다시 질문했다.

"그럼 어머니는?"

"가정주부이십니다."

'그냥 평범한 집안이잖아. 그런데 무슨 수로 5억을 마련한 거지?'

서진우에 대한 호기심이 더욱 깊어졌을 때였다.

"이제 슬슬 일어날까요?"

시간을 확인한 서진우가 제안했다.

"혹시 선배님 댁이 어딘지 아십니까?"

난감한 표정으로 쓰러진 김창주를 바라보며 서진우가 물

었다.

"나도 몰라."

"이거 곤란하네요."

서진우가 김창주에게 다가가 깨워보기 위해서 시도했다. 그러나 완전히 인사불성이 된 김창주는 전혀 깨어날 기미가 없었다.

결국 김창주의 집 주소를 알아내는 데 실패한 서진우가 한숨을 내쉬며 말했다.

"선배님은 저희 집으로 모시겠습니다."

"괜찮겠어?"

"달리 방법이 없으니까요."

서진우가 대답한 순간, 유승아가 질문했다.

"나도 같이 갈게."

"어딜요?"

"너한테 혼자 창주 선배를 맡기는 게 미안해서. 그리고 네가 어떤 곳에서 살고 있는지도 궁금하거든."

"됐습니다."

"응?"

"정중히 사양하겠습니다."

유승아가 당혹스러운 표정을 지었다.

"왜 사양한다는 거야?"

"더 가까워지는 게 내키지 않거든요."

"내가… 누군지 몰라?"

"한국대학교 공대 여신이자, 구룡그룹 유명석 회장 막내딸이라는 것, 잘 알고 있습니다."

"그런데도 나와 친해지는 것이 내키지 않는다고?"

"네, 구룡그룹 유명석 회장 막내딸이라서요."

"……?"

"구룡그룹이랑 얽히면 귀찮아질 것 같거든요."

'헐!'

유승아가 황당한 표정을 짓고 있을 때, 김창주를 부축한 서진우가 말했다.

"오늘 즐거웠습니다. 조심히 들어가세요."

＊　　　　＊　　　　＊

"으으!"

김창주가 깨질 듯한 머리를 부여잡고 힘겹게 눈을 떴다.

"대체 어제 술을 얼마나 마신 거야?"

이렇게 머리가 깨질 듯이 아픈 것은 과음을 했다는 증거였다.

"보자… 몇 병이나 마셨지?"

청춘 포차에서 셋이서 소주 두 병을 비웠던 것까지는 어렴풋이 기억이 났다.

"그다음에는……."

김창주가 생각을 이어나가던 도중에 멈췄다.

"왜… 침대가 아니지?"

평소 침대에서 잠을 잤는데, 오늘은 바닥에 이불만 깔고 잤다는 사실을 뒤늦게 깨달아서였다.

"내 방이… 아니다?"

휑하다는 느낌이 들 정도로 집기와 가구가 없는 방이 낯설었다.

"여긴 대체 어디지?"

김창주가 아픈 머리를 부여잡고 몸을 일으켰다. 그리고 일단 여기가 어딘지 확인하기 위해서 방문을 열었다.

"이 층이네."

꽤 넓은 단독 주택 2층에 위치한 방에서 자고 일어났다는 사실을 김창주가 깨달았을 때였다.

달그락, 달그락.

1층에서 무슨 소리가 들려왔다.

"혹시… 승아니?"

유승아의 집일 가능성이 가장 높다고 판단한 김창주가 조심스럽게 물었다.

"선배님, 일어나셨어요?"

그렇지만 김창주의 판단은 틀렸다.

일 층에서 들려온 목소리는 서진우의 것이었다.

"서진우, 맞아?"

"네, 선배님 댁 위치를 몰라서 그냥 제가 살고 있는 집으로 모셔 왔습니다."

"그랬구나."

"내려오시죠. 식사 준비했습니다."

"그… 그래."

계단을 통해 일 층으로 내려오며 김창주가 집 내부를 살폈다.

'넓네.'

무척 넓은 집을 확인하고 김창주가 감탄했을 때였다.

"속 많이 쓰리시죠?"

서진우가 물었다.

"뭐, 조금."

"빨리 해장부터 하시죠."

서진우가 차린 식탁에는 콩나물북엇국이 놓여 있었다.

"이거 네가 끓인 거야?"

"끓이기만 했습니다."

"응?"

"엄마가 만들어서 보내 주신 것을 냉동해 뒀었거든요. 그러니 맛이 괜찮을 겁니다."

아닌 게 아니라 속이 많이 쓰렸다. 그래서 염치 불문 하고 일단 식탁 앞에 앉은 김창주가 숟가락을 들었다. 그리고 콩나

물북엇국을 한 숟가락 떠먹은 김창주가 감탄했다.

서진우의 장담처럼 무척 맛있고 시원했기 때문이었다.

그릇째로 들어서 국물을 마시고 난 후에야, 속이 좀 풀리는 느낌이었다.

"국 좀 더 드릴까요?"

"더 있어?"

"일부러 넉넉하게 끓였습니다."

서진우가 국을 더 떠 와서 돌아왔다. 그리고 국이 담긴 그릇을 내려놓는 서진우에게 김창주가 물었다.

"여기서 혼자 사는 거야?"

"네, 대학 입학하고 난 후에 독립했습니다."

"집이 아주 넓고 좋네."

"영화가 흥행한 덕분에 넓은 집을 구입할 수 있었습니다."

'아버지가 부자라서요'라는 식상한 대답이 돌아올 거라 예상하고 있었는데.

서진우에게서 돌아온 대답은 김창주의 예상과 달랐다.

"방금 한 말, 무슨 뜻이야?"

"제가 영화 제작 일을 합니다. 그리고 제가 제작한 영화가 흥행에 성공한 덕분에 수익이 좀 났습니다."

"무슨 영화를 제작했는데?"

"'텔 미 에브리씽'이란 영화를 제작했습니다."

"그게 사실이야?"

김창주가 놀란 기색을 감추지 못하고 서진우를 바라보았다.

'텔 미 에브리씽'이란 영화를 직접 보지는 못했다.

하지만 '텔 미 에브리씽'이란 영화가 좋은 작품이란 이야기는 귀동냥으로 들었다.

그런데 한국대학교 신입생인 서진우가 '텔 미 에브리씽'이란 영화를 제작했다… 어찌 놀라지 않을 수 있을까.

'만날 때마다 사람을 놀라게 하는구나.'

김창주가 속으로 생각했을 때였다.

"아, 얼마 전에 제가 제작한 영화가 한 편 더 개봉했었습니다. 'IMF'라는 작품인데 '텔 미 에브리씽'만큼 흥행에 크게 성공하지는 못했지만, 나름 흥행 성적이 괜찮았습니다. 덕분에 수익을 좀 올렸고, 그 수익으로 'END ONE'에 투자하려는 겁니다."

'END ONE은 또 뭐지?'

방금 서진우가 입에 올린 'END ONE'이란 단어가 무척 낯설었다.

그렇지만 김창주의 생각은 더 이어지지 못했다.

"5억을 투자하겠습니다."

어제 술자리를 가지던 도중에 서진우가 했던 말이 퍼뜩 떠올랐기 때문이었다.

당시만 해도 서진우가 술에 취해서 꺼낸 말이라 여겼는데.

지금 이야기를 들어보니 정말 투자할 의향이 있는 듯했다.

"정말 투자를 할 생각이야?"

해서 김창주가 묻자, 서진우가 대답했다.

"원래 빈말은 안 하는 성격입니다."

"대체 왜 내게 그런 거액을 투자하려는 거야?"

"돈 벌고 싶어서요."

"……?"

"선배님은 제가 알고 있는 최고의 게임 개발자거든요."

"난 그렇게 대단한 사람이 아냐. 정말 최고의 게임 개발자였다면 이미 성공했겠지."

"아니요. '바람의 세계'라는 게임을 개발하신 것이 선배님이 최고의 게임 개발자라는 증거입니다."

서진우는 확신에 찬 목소리로 말했다.

'또 속이 쓰리네.'

입양 보낸 자식인 '바람의 세계'가 떠올라 김창주의 속이 다시 쓰라리기 시작했을 때였다.

"식사부터 마저 하시죠."

서진우가 제안했다.

"그래."

김창주가 국에 밥을 말아 떠먹기 시작했다. 그리고 식사를 마치고 대충 씻고 나온 김창주가 사과했다.

"이래저래 민폐 끼쳐서 미안하다."

"서울로 가실 거죠?"

"그래."

"같이 가시죠. 제가 모셔다 드리겠습니다."

"아냐. 택시 타고 가면 돼."

더 민폐를 끼쳐서는 안 된다는 생각에 김창주가 손사래를 쳤을 때 서진우가 말했다.

"여기 서울 아닙니다."

"응?"

"분당입니다."

*   *   *

택시를 잡기 힘들 정도로 외진 동네임을 확인한 김창주는 한 번 더 서진우에게 신세를 지기로 결정했다.

각그랜저 조수석에 올라탄 김창주가 별생각 없이 창밖을 바라보고 있을 때였다.

"제가 살고 있는 동네, 개발 호재가 있는 곳입니다."

서진우가 불쑥 말했다.

"부동산을 말하는 거야?"

"네, 혹시 관심이 있으실까 봐 말씀드린 겁니다."

"난 관심 없어."

"그러실 줄 알았습니다."

서진우가 희미한 웃음을 머금고 있는 것을 확인한 김창주가 퍼뜩 식탁에서 나눈 대화가 떠올라서 질문했다.

"그런데 'END ONE'이 뭐야?"

"새로운 사명으로 뭐가 좋을까 고민하다가 제가 떠올린 사명입니다."

"왜 'END ONE'이라고 정한 건데?"

"게임 업계에서 마지막에 유일하게 살아남는 업체가 되고 싶다는 바람을 담았습니다."

'나쁘지 않네.'

속으로 생각하던 김창주가 이내 쓴웃음을 지었다.

새로 개발할 게임에 대한 아이디어조차도 없는 마당인데 사명부터 먼저 짓는 것이 문득 우습다는 생각이 들어서였다.

"아직 마땅한 아이디어도 없어."

해서 솔직하게 말하자, 서진우가 대답했다.

"천천히 고민하셔도 됩니다."

여전히 앞을 보며 운전하던 서진우가 불쑥 질문했다.

"참, 선배님은 운전하십니까?"

"아니. 난 차가 없어."

"왜 차를 구입하지 않으셨습니까?"

"딱히 필요하단 생각이 안 들어서."

"저와는 많이 다르시네요. 저는 차에 대한 로망이 있었습니다. 그래서 대학에 입학한 후에 면허를 따자마자 차부터 샀습니다."

"사람마다 생각이 다른 법이니까."

"그렇긴 하죠."

가볍게 고개를 끄덕이며 서진우가 다시 입을 뗐다.

"제 생각에는 오너드라이버가 되고 싶은 로망이 있는 사람들이 많을 것 같습니다. 다만 형편이 되지 않거나 아직 운전면허를 취득하지 못하는 미성년자들도 많을 거고요."

"그렇겠지."

"이런 이유들로 인해 오너드라이버의 꿈을 이루지 못한 사람들은 오락실을 자주 찾는 것 같습니다."

"오락실?"

"오락실에 가면 운전 연습을 할 수 있는 오락기가 있거든요."

"아, 나도 그거 몇 번 해 본 적 있어."

"차량을 모의 운전 하는 오락을 하기 위해서 대기하면서 줄을 서 있는 모습을 보다가 문득 그런 생각이 든 적이 있습니다. 오너드라이버가 되고 싶은 열망이 있는 사람들이 막연히 짐작하는 것보다 훨씬 많지 않을까 하는 생각이요. 그리고 그런 사람들의 열망을 채워 주는 게임이 있으면 좋겠다는 생각도 했고요."

서진우의 이야기를 듣고서 김창주가 반문했다.

"오락실에 이미 나와 있잖아?"

"너무 단순합니다."

"단순하다?"

"운전 코스도 너무 단순하고, 이용자가 선택할 수 있는 차량의 종류도 한정되어 있습니다. 그래서 금세 흥미가 떨어지죠."

"그럴 수도 있겠네."

무심코 고개를 끄덕이던 김창주가 서진우에게 고개를 돌렸다.

"캐주얼 게임으로는 괜찮겠는데?"

굳이 오락실까지 찾아가지 않고 집에서도 차량을 운전할 수 있는 캐주얼 게임을 제작한다면?

꽤 수요가 있을 거란 판단이 섰다.

그래서 김창주가 흥미를 느꼈다.

"운전 코스를 다양화시키고, 자신만의 차량을 선택할 수 있게 만든다면 꽤 재밌겠네. 그런데… 누가 이 게임을 돈까지 내면서 할까?"

"공짜로 게임을 할 수 있게 해야죠."

"공짜로? 그럼 수익을 올릴 방법이 없잖아?"

사업은 취미가 아니라는 뼈저린 교훈을 이미 얻은 상황.

그래서 김창주의 표정이 어두워졌을 때였다.

"수익을 올릴 수 있는 방법은 얼마든지 있습니다."

"무료 게임인데 어떻게 수익을 올릴 수 있다는 거야?"

"승부욕을 자극하는 거죠."

"승부욕?"

"오락실의 운전 시뮬레이션 게임의 한계는 아까 말씀드렸던 대로 단순한 운전 코스와 차량 선택의 폭이 좁다는 것입니다. 하지만 그보다 더 큰 한계이자 약점은 경쟁을 할 수 없다는 거죠. 그런데 만약 다른 유저들과 레이싱을 펼쳐서 경쟁할 수 있는 시스템이 갖춰진다면 어떻게 될까요?"

"승부욕이… 자극되겠지."

"승부에서 이기고 싶은 것은 인간의 본성 중 하나입니다. 그래서 승부에서 이기기 위해 기꺼이 돈을 지불할 겁니다."

"……?"

"일시적으로 더 빨리 달릴 수 있도록 만들어 주거나, 운행 도중에 장애물을 뛰어넘을 수 있는 점프가 가능한 게임 내 아이템이 있다면 타 유저들과의 레이싱 경쟁에서 더 유리한 지점을 선점할 수 있지 않겠습니까?"

"게임 아이템을 팔아서 수익을 올리자?"

"그게 끝이 아닙니다."

"또 뭐가 남았지?"

"욕망을 자극하는 겁니다."

김창주가 고개를 갸웃했다.

욕망을 자극한다는 서진우의 대답이 이해가 가지 않아서였
다.

그런 속내를 알아챘을까.

서진우가 싱긋 웃으며 덧붙였다.

"아마 선배님은 이해하기 힘드실 겁니다."

"왜 난 이해하기 힘들 거란 거야?"

"오너드라이버가 아니니까요."

"……?"

"오너드라이버들은, 아니, 인간은 본능적인 욕망이 있습니
다. 남들과는 다른, 그래서 남들의 주목을 끌고 싶다는 욕망.
그래서 오너드라이버들은 차를 꾸미죠. 이게 자동차 튜닝 업
체가 인기를 끄는 이유입니다. 그리고 게임 내에서도 마찬가지
일 겁니다. 같은 차종이지만 남들과는 다른 특별한 차의 주인
이 되고 싶다. 이런 욕망을 가진 유저들은 본인들의 차를 특
별하게 꾸미고 싶은 욕망을 갖고 있을 것이고, 그 욕망을 충
족시켜 주면 수익을 올릴 수 있을 겁니다."

김창주가 서진우에게 새삼스러운 시선을 던졌다.

'확실히 나와는 접근 방식이 달라.'

레이싱 캐주얼 게임에 대한 아이디어가 떠오른 순간, 김창
주는 어떤 식으로 게임을 제작할지에 대해서 고민했다.

그런데 서진우는 달랐다.

레이싱 캐주얼 게임을 이용해서 수익을 올릴 수 있는 방법

을 고민하고 찾아냈다.

'나와는 접근 방식이 다르기 때문에 더욱 내게 필요한 인재!'

이런 확신을 품었던 김창주의 표정이 다시 어두워졌다.

'수익 규모가 너무 작지 않을까?'

서진우의 주장처럼 유저들의 승부욕과 욕망을 자극하는데 성공한다면, 유료 아이템을 팔아서 수익을 올리는 것이 가능할 것이다.

하지만 수익 규모가 크지 않을 거란 판단이 들었다.

그때였다.

마치 자신의 속내를 읽은 것처럼 서진우가 말했다.

"어떤 영화가 흥행할지는 신도 알 수 없다."

"……?"

"영화계에 내려오는 속설입니다. 게임 개발 쪽도 마찬가지 아닐까요? 어떤 게임이 성공할지, 그리고 그 게임이 얼마나 히트할지는 예측이 힘든 법입니다."

'맞는 말이야.'

김창주가 고개를 끄덕였을 때였다.

"게임을 개발하기 위해서 들인 노력에 비해서 수익 규모가 크지 않을 것이 우려되시는 것이죠?"

서진우가 질문했다.

"맞아."

김창주가 솔직히 대답했을 때 서진우가 덧붙였다.

"제가 좋아하는 영화 대사 중에, 아니, 어쩌면 이 대사 역시 어디서 따온 것일지도 모르겠습니다. 어쨌든 제가 좋아하는 대사는 이겁니다. 시작은 비록 미약하였으나, 그 끝은 무척 창대하리라."

*　　　　　*　　　　　*

한국대학교 경영학과 건물.

전공 수업을 듣고 건물을 나오던 이태리가 두 눈을 크게 떴다.

"승아 언니!"

경영학과 건물 앞에 유승아가 서 있는 것을 발견했기 때문이었다.

"여긴 어쩐 일이세요? 경영학과 수업도 들으세요?"

유승아는 구룡그룹 차명석 회장의 막내딸.

학생 신분에서 벗어나고 나면 곧바로 경영 일선에 뛰어들 가능성이 높았다. 그래서 경영학과 수업을 들을 수도 있다고 추측했는데, 그녀는 고개를 흔들었다.

"경영학과 수업 안 들어."

"그럼 왜……?"

"너 보러 왔어."

"절 보러 일부러 오셨다고요?"

서진우를 매개로 유승아와 무척 가까워진 것은 사실이지만, 그녀가 자신을 만나기 위해서 경영학과 건물로 직접 찾아올 것까지는 예상치 못했던 이태리가 놀란 표정을 지었을 때였다.

"와아, 여신들의 만남이다."

"경영학과 여신과 공대 여신이 왜 만난 거지?"

"난 공대 여신에 한 표."

"아, 경영학과 말고 공대 갈결."

자신과 유승아의 만남을 주시하는 남학생들이 수군거리는 소리가 들려왔다.

'배신자들.'

자신이 아닌 공대 여신 유승아에게 한 표를 던지고 있는 배신자들을 매섭게 노려본 이태리가 제안했다.

"언니, 자리 옮길까요?"

"그래."

근처 벤치로 자리를 옮긴 이태리가 캔 커피 두 개를 뽑아서 돌아왔다.

"드세요."

"고마워."

"참, 진우는 만나셨어요?"

"응, 만났어."

"어땠어요?"

"아주 흥미로운 만남이었어."

유승아가 희미한 미소를 지은 채 대답했다.

그 대답을 들은 이태리는 문득 불안감을 느꼈다.

'서진우에게 관심이 있다.'

여자의 직감으로 유승아가 만남을 가진 후, 서진우에게 관심이 생겼다는 사실을 알 수 있었다.

이태리 역시 서진우에게 호감을 갖고 있는 상황.

유승아라는 아주 강력한 경쟁자가 생길 수도 있다는 우려가 든 것이었다.

그때였다.

"처음이었어."

유승아가 불쑥 처음이라고 말했다.

"뭐가 처음이란 말씀이세요?"

"날 밀어낸 남자 말이야."

"……?"

"나와 가까워지고 싶지 않다고 하더라고."

'역시 멋져!'

유승아는 공대 여신이라 불릴 정도로 대단한 미모의 소유자.

게다가 서진우는 그녀가 구룡그룹 유명석 회장의 막내딸이라는 사실도 알고 있었다.

그럼에도 불구하고 서진우는 유승아의 유혹에 넘어가지 않았다.

그래서 서진우가 더 멋있다는 생각을 하고 있을 때였다.

"넌 어땠어?"

"뭐가요?"

"너도 밀어냈어?"

이태리가 쓴 캔 커피를 한 모금 마신 후 대답했다.

"네, 저한테도 여지를 안 주더라고요."

"도대체 뭘 믿고 그렇게 잘난 척이야?"

"그러게요. 그런데……."

"그런데 뭐야?"

"그게 진우의 매력인 것 같아요."

이태리가 덧붙인 순간, 유승아가 깔깔 웃었다.

"왜 웃으세요?"

유승아가 웃는 이유를 몰라서 이태리가 질문하자, 그녀가 대답했다.

"우리 태리가 서진우에게 완전히 빠진 것 같아서."

속내를 들켜 버린 이태리가 뺨을 붉힌 채 물었다.

"언니도 마찬가지 아닌가요?"

"난 달라. 아직까지는 호기심이 생긴 게 다거든. 물론 앞으로는 내 마음이 또 어떻게 변할지 모르지만."

유승아가 생긋 웃으며 덧붙였다.

"그때는 경쟁자가 될 수도 있겠네."

이태리가 표정을 굳혔다.

유승아라는 막강한 경쟁자가 생긴 것으로 인해 긴장이 됐기 때문이었다.

'서진우는 절 좋아하게 될 거거든요.'

이태리가 속으로 외쳤을 때, 유승아가 말했다.

"우리 페어플레이 하자."

*   *   *

"아, 귀가 왜 이렇게 간지러운 거야?"

재미없는 수업을 억지로 듣고 각그랜저를 운전해서 분당으로 돌아가던 내가 새끼손가락으로 귀를 후볐다.

"저녁은 뭘 먹나?"

내가 살고 있는 분당은 머잖아 본격적으로 개발될 것이다.

그러나 아직까지는 주변이 논과 밭으로 둘러싸인 그냥 외진 곳이다.

주변에 마땅한 음식점이 없기 때문에 배달시켜 먹는 것이 불가능했다.

"이런 건 참 불편해."

회귀를 한다고 해서 다 좋은 건 아니었다.

스마트폰으로 쉽게 인터넷에 접속할 수 있고, 배달앱 덕분에 언제든지 맛있는 음식을 주문해서 먹을 수 있는 2020년에 살던 내게는 불편한 것들 투성이였다.

"그냥 중국집을 하나 차려?"

언제든지 자장면과 탕수육을 배달해 먹을 수 있는 중국집을 집 근처에 하나 차릴까에 대해서 고민하던 내가 눈을 부릅떴다.

운전하고 있던 차량 앞으로 갑자기 뭔가가 뛰어드는 것을 발견했기 때문이었다.

끼이익.

내가 급브레이크를 밟았다.

'무휼에게서 태극일원공을 전수받고 수련한 게 이런 상황에서도 도움이 되는구나.'

만약 예전의 나였다면?

절대로 달리는 차 앞으로 뛰어든 사람을 피하지 못했으리라.

그러나 방금 그게 가능했던 이유는 태극일원공을 전수받고 수련한 덕분에 동체 시력과 반사 신경이 무척 발달한 덕분이었다.

또 하나 다행인 점은 뒤따라오던 차량이 없어서 급브레이크를 밟았음에도 추돌 사고가 발생하지 않았다는 점이었다.

하지만 안도감도 잠시.

"인생 망가질 뻔했네."

이내 분노가 치밀어 오른다.

어렵게 기회를 잡아서 운 좋게 회귀를 했지만, 지금 운전하고 있던 차 앞으로 갑자기 뛰어든 사람으로 인해 인생이 제대로 꼬일 뻔했으니 어찌 화가 나지 않을 수 있을까?

비상 깜박이를 켠 후, 운전석 문을 열고 내렸다.

"왜 남의 차 앞에 뛰어들어? 누구 인생을 망치려고······?"

분노를 참지 못하고 소리를 지르던 내가 도중에 입을 다물었다.

코앞으로 다가왔던 죽음의 공포 때문일까.

"끄윽, 끄윽."

남자는 아스팔트 위에 쓰러진 채 오열하고 있었다.

그런 남자에게 동정심이 생겨서가 아니었다.

─회귀자 감별 능력이 발동했습니다.

내가 분노를 표출하던 도중에 입을 다물었던 진짜 이유는 눈앞에 떠올라 있는 메시지 때문이었다.

─회귀자를 발견했습니다.

'이 남자가 회귀자라고?'

둥실.

아스팔트 위에 쓰려져 있는 남자의 머리 위에는 회귀자임을 알려 주는 표식인 둥근 고리가 둥실 떠올라 있었다.

"죄송합니다, 죄송합니다."

남자가 여전히 아스팔트 위에 엎드린 채 내게 사과했다.

"어디 다친 데는 없어요?"

"저는⋯ 괜찮습니다."

"일단 타요."

"네?"

"차에 타라고요."

"진짜 괜찮으니까 병원에 갈 필요는⋯⋯?"

"괜찮다는 것 알고 있습니다."

"⋯⋯?"

"그리고 병원에 데려가려는 것 아닙니다."

"그런데 왜 차에 타라는 겁니까?"

남자의 질문에 내가 대답했다.

"여기 내버려 두고 가면 또 뛰어들 것 같으니까요."

*   *   *

원래 계획은 그래도 혹시 모르니 병원부터 들르는 것이었다.

그렇지만 차량 뒷좌석에 올라탄 남자는 극구 사양했다.

"진짜 멀쩡합니다. 그냥 근처 버스 정류장에 내려 주시면 됩니다."

만약 남자가 회귀자가 아니었다면?

난 이 부탁을 들어주었을 것이었다.

하지만 남자가 회귀자라는 사실을 알고 난 후, 난 호기심이 치밀었다.

"밥 먹었어요?"

"네?"

"마침 혼자 먹기 싫었는데 같이 밥이나 먹죠."

같이 밥을 먹자는 제안을 들은 남자는 황당한 표정을 짓고 있었다.

그렇지만 남자의 의견 따윈 중요치 않았다.

이미 남자에게 호기심이 생겨 버린 난 그와 밥을 먹기로 결심을 굳혔다.

"내리시죠."

번화가에서 조금 떨어진 곳에 주차를 마친 내가 남자를 이끌고 허름한 포장마차로 들어갔다.

"사장님, 뜨끈한 우동 두 그릇이랑 곰장어 하나, 그리고 소주도 한 병 주세요."

포장마차 구석 탁자에 마주 앉은 후 내가 남자를 빤히 바라보았다.

내게 미안한 마음이 커서일까.

남자는 고개를 푹 숙이고 있었다.

"통성명부터 할까요?"

내가 제안하자, 남자가 여전히 고개를 숙인 채 이름을 밝혔다.

"백주민입니다."

"서진우예요. 실례지만 무슨 일을 하시는지 알 수 있을까요?"

"개인 투자자입니다."

'투자를 한다?'

남자의 이름과 직업을 알게 된 순간, 난 대충 상황을 짐작할 수 있었다.

주식에 투자를 했다가 큰 손실을 보고 궁지에 몰려서 자살을 결심하는 사람들의 사연은 신문에서 자주 봤었으니까.

'보통… 한강으로 가지 않나?'

내가 알고 있는 주식 투자 실패자들의 최종 목적지는 한강이었다.

그런데 백주민은 한강에 뛰어드는 대신, 멀쩡하게 달리고 있는 내 차 앞으로 뛰어들었다.

'그래서 내 인생을 망칠 뻔했고.'

아까 상황을 떠올리다 보니, 새삼 분노가 다시 치밀어 오른다. 그래서 백주민을 노려보며 쏘아붙였다.

"무슨 일이 있었는지는 모르겠습니다. 그런데 왜 차에 뛰어들어서 남의 인생을 망치려는 겁니까?"

"…죄송합니다."

"혹시 보험 들었어요?"

자살의 경우, 보험금이 지급되지 않는 경우가 태반이다. 그래서 백주민이 사고사로 위장하기 위해서 내가 운전하던 차량 앞으로 뛰어든 것이 아닌가 하는 의심을 품고 질문했다.

"보험 안 들었습니다."

"그런데 왜 내 차 앞으로 뛰어들었어요."

"그게……."

"빨리 대답해 봐요."

내 재촉을 받은 백주민이 기어 들어갈 것처럼 작은 목소리로 대답했다.

"…그랜저라서요."

그 대답을 들은 내가 황당한 표정을 지었다.

마침 내가 운전하는 차량이 그랜저라서 뛰어들었다는 백주민의 대답.

논리와는 너무 큰 괴리가 있어서였다.

'각그랜저 타고 다니는 사람이니까 부자일 거라고 생각해서 뛰어들었나? 아니, 그럼 외제 차가 오길 기다렸다가 뛰어들었어야 하지 않나? 가만, 혹시 각그랜저라서 뛰어든 건가?'

내가 백주민의 머리 위에 둥실 떠올라 있는 둥근 고리를 바라보았다,

그는 회귀자였다.

즉, 이미 한 차례 죽음을 맞이했던 적이 있었다.

어쩌면 그가 회귀를 하는 과정에서 각그랜저에 뛰어들었다가 죽음을 맞이했고, 덕분에 회귀를 할 수 있었기 때문에 이번에도 똑같은 방식으로 죽음을 맞이하려고 했던 것이 아닐까 하는 의문이 든 것이었다.

'아까 그 장소에서 각그랜저에 뛰어들어서 회귀했을 거야.'

거기까지 생각이 미친 내가 다시 고개를 갸웃했다.

'그런데… 왜 실패했지?'

백주민은 회귀자였다. 그리고 세상의 모든 회귀자들은 미래 지식을 알고 있다는 회귀자 버프를 활용할 수 있다.

나 역시 회귀자 버프 덕분에 지금까지 승승장구할 수 있었던 것이고.

그런데 백주민은 나와 같은 회귀자임에도 불구하고, 행색이 형편없었다.

'실패한 이유를 물어볼까?'

내가 소주병을 향해 팔을 뻗었다.

"백주민 씨, 한잔 받으시죠?"

"네? 네, 감사합니다."

아직 진정이 되지 않은 듯 소주잔을 집어 든 백주민의 손은 덜덜 떨리고 있었다.

그 잔을 채워 주며 내가 물었다.

"주식 투자에 실패하신 겁니까? 그래서 자살하려고 한 겁니까?"

"부끄럽지만… 대충 맞습니다."

"……?"

"주식이 아니라 선물과 옵션에 투자했다가 실패했습니다. 그래서 자포자기하는 심정으로 죽으려고 했습니다."

'거짓말!'

백주민의 말은 거짓말이었다.

진짜 인생을 포기했다면?

그는 한강에 뛰어들었어야 했다.

그런데 마침 아까 그 장소에서, 마침 내가 운전하고 있던 각그랜저에 뛰어든 것.

백주민이 인생을 포기하지 않았다는 증거였다.

그는 또 한 번 회귀하겠다는 욕심을 갖고 내가 운전하는 각그랜저에 뛰어들었으니까.

'추궁해 볼까?'

만약 내 추리를 바탕으로 백주민을 추궁한다면, 그가 깜짝 놀랄 것이란 생각이 들었다.

하지만 난 그에 대해 추궁하는 대신, 고개를 갸웃했다.

'왜 실패했던 거지?'

아까 내가 했던 예상처럼 백주민은 선물과 옵션 투자에 실패했다. 그리고 미래를 알고 있는 회귀자인 백주민이 투자에 실패한 것이 잘 이해가 가지 않았다.

'하긴 나도 마찬가지지.'

인생에는 변수들이 존재하기 마련이다.

그 변수들은 회귀자라고 해서 피해 가지 않는다.

멀리 갈 것도 없었다.

'아까 만약 내가 차를 멈춰 세우는 것이 조금만 늦었다면? 그래서 백주민이 내 차에 치여서 죽었다면?'

예상치 못했던 변수로 인해 어렵게 회귀를 했음에도 내 인생이 꼬이는 것이었다. 그리고 이게 다가 아니었다.

난 장차 '아시아의 별'이 될 조보안을 변종 회귀자인 이토 겐지에게 빼앗길 뻔했었다.

또, NEXT END가 매각된 것도 내가 알고 있는 미래 지식과는 달라진 변수들이었다.

'백주민도 실패할 수 있어.'

백주민이 회귀자라고 해도 얼마든지 실패할 수 있다는 데까지 내 생각이 미쳤을 때였다.

벌컥.

아까 내가 따라 준 잔을 백주민이 단숨에 비웠다. 그리고 한 잔이 끝이 아니었다.

연달아 두 잔을 더 마신 후, 백주민이 자리에서 일어났다.

"오늘 여러모로 실례가 많았습니다. 그리고 술도 잘 얻어 마셨습니다. 저 먼저 일어나겠습니다."

내게 고개를 숙여 인사한 후, 백주민이 걸음을 옮기기 시작했다.

그런 그의 등을 향해 내가 말했다.

"술을 마시고 나니까 다시 용기가 생겼나 보네요."

"……?"

"또 달리는 그랜저 앞으로 뛰어들기 위해서 가는 겁니까?"

정곡을 찔러서인 듯 백주민이 흠칫거렸다.

"굳이 말리지는 않겠습니다. 그런데… 달리는 그랜저 앞으로 뛰어들고 나면 과연 다 해결이 될까요?"

*　　　　*　　　　*

포장마차에 들렀지만, 술은 한 방울도 마시지 않았다.

부르릉.

다시 운전대를 잡고 집으로 출발한 내가 한숨을 내쉬었다.

"남 좋은 일만 시키는 게 아닌가?"

문득 든 생각 때문이었다.

투자 배급사 'Now & New'를 설립하기 위해서는 거액의 자금이 필요했다.

그래서 난 '밸류에셋' 채동욱 대표를 투자자로 끌어들였다.

'텔 미 에브리씽'과 'IMF'가 흥행하는 것을 곁에서 지켜보면서 문화 콘텐츠에 관심이 생긴 그는 기꺼이 'Now & New'에 투자를 하겠다는 의사를 밝혔었다.

그런데 엄밀히 말하면 채동욱과 나는 피 한 방울 섞이지 않은 생판 남이었다.

"가만, 진짜 가족이 될 수도 있는 건가?"

현재 내게 과외를 받고 있는 채수빈은 날 좋아한다. 그리고 채수빈의 모친인 양미향은 날 사윗감으로 점찍어 두었다.

게다가 채동욱도 내게 호감을 갖고 있다.

나 역시 채수빈을 싫어하는 것은 아니니까, 만약 우리가 결혼을 하게 된다면 난 채동욱의 사위가 된다.

그럼 진짜 가족이 되는 것이니, 남 좋은 일을 시켜 주는 게 아닌 셈이다.

하지만 여전히 마음에 걸리는 점.

사람 앞일은 모른다는 것이다.

지금이야 채수빈이 날 좋아하지만, 여자의 마음은 갈대처럼 흔들리는 법이다.

언제 그녀의 마음이 바뀔지 모른다.

그리고 설령 채수빈과 결혼에 골인하더라도 안심할 수 없다.

님이라는 글자에 점 하나만 찍으면 남이 된다는 유행가 가사가 괜히 있는 게 아니다.

부부가 무촌인 이유!

이혼하면 다시 남이 되는 건 마찬가지이기 때문이다.

그럼에도 불구하고 내가 채동욱의 자금에 의존하는 것.

마땅한 다른 대안이 없어서였다.

"가용할 수 있는 자금이 없어."

분당에 사놓은 집과 땅이 있지만, 아직 개발되기 전이다.

이 투자를 통해 보상을 얻으려면, 최소 십 년은 기다려야 한다.

물론 영화를 제작해서 꾸준히 수익을 내고는 있지만, 정산까지는 오랜 시간이 걸린다.

즉, 당장 가용할 수 있는 자금이 없는 셈이었다.

그런데 백주민을 만난 후 내 생각이 바뀌었다.

그는 실패한 투자자.

만약 백주민이 회귀자가 아니었다면, 난 더 이상 그에게 신경 쓰지 않았을 것이다. 그러나 그가 회귀자라는 사실을 알기에 계속 신경이 쓰인다.

"한 번 더 기회가 주어진다면… 다르지 않을까?"

백주민은 회귀하고 난 후, 투자자로서 성공에 대한 확신을 가졌을 것이었다. 그리고 구질구질했던 인생을 바꿀 수 있는 기회가 찾아온 순간, 올인 했으리라.

아직 정확히는 모르겠지만, 그는 대출을 받고 사채까지 끌어 써서 선물과 옵션에 투자했을 가능성이 높았다.

"영끌 했겠지."

2020년에 유행하는 표현으로는 '영끌'.

영혼까지 모두 끌어모아서 구질구질한 인생을 바꿀 수 있는 기회에 몰빵 했으리라.

그런데 백주민의 투자는 실패로 끝났다.

그 실패로 인해 모든 것을 잃어버린 그는 처음 회귀했을 때처럼 각그랜저 앞으로 뛰어들어 다시 회귀할 기회를 노리고 있었고.

"여기서 내가 기회를 준다면?"

백주민이 실패를 딛고 다시 성공할 수 있을 거란 생각이 들었다.

어쨌든 그는 미래 지식을 알고 있는 회귀자였으니까.

그리고 백주민을 잘 이용한다면 가용할 수 있는 자금을 확보할 수 있을지도 모른다는 데까지 내 생각이 미쳤다.

"찾아… 올까?"

포장마차에서 헤어지기 전, 난 백주민에게 명함을 건넸다.

"만약 생각이 바뀌면 이 주소로 찾아오세요."

그 명함을 건네며 내가 건넸던 이야기.

이제 어떤 선택을 내리는가는 백주민에게 달려 있었다.

무사히 집에 도착한 내가 캔 맥주를 마시기 시작했다. 그리고 자정에 가까워졌을 때, 벨이 울렸다.

딩동.

"왔다."

백주민이 명함에 적혀 있던 주소를 보고 찾아왔다는 것을 직감적으로 알아챈 내가 서둘러 일어섰다.

*　　　　　*　　　　　*

─선행 포인트를 획득했습니다.

현관문을 열고 막 나갔을 때, 눈앞에 떠오른 메시지였다.

─1포인트를 획득했습니다. 누적 선행 포인트는 98포인트입니다.

"오랜만이네."

1포인트의 선행 포인트를 획득했다는 메시지가 눈앞에 떠오른 순간, 내가 혼잣말을 꺼냈다.

'IMF'가 개봉하고 난 후, 선행 포인트를 획득했다는 메시지는 잊을 만하면 떠오르고는 했었다. 하지만 'IMF'가 극장에서 내려오고 난 후에는 더 이상 선행 포인트를 획득했단 메시지가 떠오르지 않았었다.

그러니 무척 오래간만에 다시 선행 포인트를 획득했다는 알림 메시지가 눈앞에 떠오른 상황이었다.

'무엇 때문에 선행 포인트를 획득한 거지?'

일단 의문이 들었다.

최근에 선행 포인트를 획득할 만한 일을 했던 것이 떠오르지 않아서였다.

"백주민을 도와서인가?"

죽기로 결심했던 백주민을 도왔던 것이 그나마 가장 가능성이 높다고 판단했다가 고개를 가로저었다.

백주민은 향후 나와 협력 관계를 유지할 가능성이 높은 인물.

내 이득을 위해서 움직였을 때는 선행 포인트가 적립되지 않는다는 사실을 이미 난 알고 있었다.

그래서 다시 선행 포인트를 획득한 이유에 대해서 고민하던 내가 잠시 후 무릎을 탁 쳤다.

"아하! 누군지 알 수 없는 각그랜저 운전자를 도운 셈이기 때문에 선행 포인트가 주어진 거구나."

내가 백주민을 설득하지 않았다면?

그는 다시 회귀를 꿈꾸며 그 장소로 돌아가서 달리던 각그랜저를 향해 뛰어들었을 가능성이 높았다.

그랬다면 각그랜저 운전자는 백주민으로 인해 인생이 망가졌을 것이었고.

누군지 알 수 없는 각그랜저 운전자에서 발생할 수 있었던 불상사를 막았기 때문에 1포인트의 선행 포인트가 주어졌던 것이라고 잠정적 결론을 내린 후, 정원을 가로질러 정문을 열었다.

"오셨네요."

예상대로 문 앞에는 백주민이 서 있었다.

"제가 찾아올 거라고 예상했습니까?"

"네."

"어떻게……?"

"사람은 가능성이 조금이라도 높은 쪽으로 움직이는 법이거든요."

"……?"

"백주민 씨는 직업이 투자자이니까 더욱 그럴 거라고 예상했습니다."

처음 회귀했던 장소로 찾아가 그때처럼 각그랜저에 뛰어든다 해서 다시 회귀할 수 있을 거라는 확신이 백주민에게는 없었을 것이다.

그럼에도 불구하고 그가 내가 운전하던 각그랜저 앞으로 뛰어들었던 이유.

달리 선택의 여지가 없었기 때문일 것이었다.

그런데 날 만난 후 그에게는 새로운 선택지가 생겼다.

이것이 그가 결국 날 찾아올 거라고 판단했던 이유였다.

"일단 안으로 들어오시죠."

"그래도… 될까요?"

"어차피 혼자 사는 집이니까 상관없습니다. 술이나 한 잔 더 하시죠?"

정원에는 언제든지 바비큐 파티를 할 수 있도록 장비를 마련해 두었다.

냉장고에서 삼겹살을 꺼낸 내가 고기를 굽기 시작했다.

탁, 탁.

고기가 숯불에 맛있게 익어 가는 소리가 흘러나오자, 엉거주춤하게 서 있던 백주민이 군침을 삼켰다.

'한동안 제대로 밥도 못 먹었겠지.'

스스로 목숨을 끊을 결심까지 했던 백주민이 끼니를 제대로 챙겼을 리 없었다.

잘 구워진 삼겹살을 접시에 담아서 탁자 위에 올려놓으며 내가 제안했다.

"어서 드세요."

"…잘 먹겠습니다."

허기가 진 백주민이 젓가락을 들어 마치 흡입하듯 삼겹살을 입속에 욱여넣고 씹기 시작했다.

소주병을 들어서 그의 앞에 놓인 잔과 내 앞에 놓여 있던 잔을 채운 후 질문했다.

"만약 다시 한번 기회가 주어진다면, 이번처럼 실패하지 않을 자신이 있습니까?"

"자신 있습니다."

백주민이 잠시도 망설이지 않고 대답했다.

그런 그에게 내가 물었다.

"마찬가지였을 텐데요?"

"네?"

"절대 실패하지 않는다. 이번 투자는 무조건 성공한다. 이런 확신을 갖고 투자했지만, 실패하지 않았습니까?"

"그건……."

백주민이 반박하려다가 도중에 말을 삼켰다.

그러나 난 그가 원래 하려던 대답을 짐작할 수 있었다.

내가 알고 있는 미래와 다른 방향으로 미래가 흘러간 변수 때문이었다고 주장하고 싶었으리라.

"난 돈을 버는 것에 관심이 있습니다. 그런데 투자에 대해서는 잘 모릅니다. 그래서 백주민 씨를 만난 것이 필연이라고 생각합니다."

"필연… 이요?"

"불가에서는 옷깃만 스쳐도 인연이라고 하지 않습니까? 그런데 백주민 씨는 무려 제가 운전하던 차 앞으로 뛰어들었던 데다가, 이렇게 같이 술까지 마시고 있으니 절대 얕은 인연은 아니라는 생각이 들었습니다."

백주민은 젓가락질을 멈추고 내 이야기에 귀를 기울이고 있었다.

"사채 쓰셨죠?"

그런 그에게 내가 다시 질문했다.

"그걸… 어떻게 아셨습니까?"

"추측해 본 겁니다. 스스로 목숨을 끊을 결심까지 했다는 것, 그만큼 궁지에 몰렸다는 증거이니까요."

"……."

"그래서 제가 기회를 한번 드려 볼까 합니다."

내가 조심스럽게 운을 떼자, 백주민이 아래로 떨구고 있던 고개를 번쩍 들었다.

"정말 제게 기회를 주실 생각입니까?"

"네. 단, 테스트를 먼저 해 볼 생각입니다."

"테스트… 요?"

"저는 백주민 씨가 실패한 투자자라는 것 외에 알고 있는 정보가 거의 없습니다. 그래서 무작정 기회를 줄 수는 없으니 테스트를 먼저 하는 게 옳은 순서가 아닐까요?"

거짓말이다.

난 백주민에 대해서 알고 있는 정보가 하나 더 있다.

바로 그가 회귀자라는 정보이다.

그리고 이 정보는 무척 크리티컬 하다.

"어떤 시험입니까?"

내 이야기가 일리가 있다고 판단한 듯 백주민이 질문했다.

"일단 사채부터 해결하시죠."

사채는 무섭다.

아마 백주민이 내가 운전하는 차량에 뛰어든 데는 영끌 하는 과정에서 끌어 썼던 사채가 결정적인 역할을 했을 것이다.

그래서 내가 사채 빚부터 해결하라고 말하자, 백주민의 표정이 어두워졌다.

"그게… 쉽지가 않습니다."

"압니다."

"네?"

"그래서 테스트라고 표현한 겁니다."

내가 지갑에서 백만 원권 수표 열 장을 꺼내서 탁자 위에 올려놓았다.

"이 돈은……?"

"그냥 테스트를 볼 수는 없죠. 응시비라고 생각하시면 됩니다."

"……?"

"일주일 드리겠습니다. 이 돈을 종잣돈으로 돈을 불려서 사채를 해결하시면 테스트에서 합격한 것으로 간주하겠습니다."

백주민은 탁자 위에 올려놓은 수표를 향해 선뜻 손을 뻗지 못했다.

갈등하는 표정을 짓고 있었다.

그렇지만 난 그가 결국 내 제안을 수락할 것을 알고 있다.

이것 외에 남은 선택지는 없기 때문이다.

"알겠습니다."

내 예상대로 백주민은 결국 손을 뻗어 수표를 움켜잡았다.

"하나만 물어도 될까요?"

"말씀하시죠."

"왜 제게 이런 호의를 베푸시는 겁니까?"

'당신이 회귀자라는 걸 아니까.'

내가 속으로 대답하며 입으로는 다른 대답을 꺼냈다.

"백주민 씨에게 그럴 가치가 있다고 판단했거든요."

*　　　　　*　　　　　*

과연 백주민은 내 시험을 통과할 수 있을까?

호기심이 생기는 것은 어쩔 수 없다.

내가 백주민에게 준 시간은 일주일.

그런데 그에게서 연락이 온 것은 정확히 엿새가 흐른 후였다.

"백주민입니다."

내가 전화를 받자, 백주민의 목소리가 들려왔다.

"네. 연락 기다리고 있었습니다. 어떻게 됐습니까?"

"만나서 말씀드리겠습니다."

"알겠습니다. 그럼 한국대학교로 오시죠."

"한국대학교요?"

"네, 제가 아직 수업이 안 끝나서요."

약 한 시간 후, 난 학교 근처 커피 전문점에서 백주민을 만났다.

'테스트에 통과했구나.'

미리 도착해서 기다리고 있는 백주민을 발견한 순간, 난 그가 테스트를 통과했다고 확신했다.

마지막으로 만났을 때에 비해서 표정이 훨씬 여유가 있어서였다.

"서진우 씨, 한국대학교 재학생이셨습니까?"

"네."

"학생일 거라고는 전혀 예상하지 못했습니다."

지난 만남에서 천만 원을 선뜻 내놓는 모습을 보고 백주민은 내가 학생일 거라고는 예상치 못 한 듯했다.

"법학과 신입생입니다."

"신입생이요? 그것도 법학과? 더 놀랍네요."

새삼스러운 시선을 던지는 백주민에게 내가 질문했다.

"그나저나 사채 빚은 다 갚으셨습니까?"

"네."

내 예상이 맞았다.

백주민은 사채 빚을 다 갚았다고 자신 있게 대답했다.

"사채 빚이 얼마였습니까?"

"원금에 이자까지 해서 일억이 좀 넘었습니다. 십만 단위 제외하고 대충 일억 삼천오백만 원이었습니다."

그 대답을 듣고서 처음으로 놀랐다.

내가 건넨 자금은 천만 원.

그런데 천만 원을 종잣돈으로 백주민은 채 일주일도 지나지 않아서 일억 삼천오백만 원이나 되는 사채 빚을 다 해결했다고 말했다.

하지만 아직 놀랄 일은 끝이 아니었다.

턱.

그가 공공칠가방을 탁자 위에 올려놓고 잠금장치를 해제하자, 만 원짜리 지폐로 가득 채워져 있는 내부가 보였다.

"이건… 무슨 돈입니까?"

"사채 빚을 갚고 남은 돈입니다. 일억이 조금 넘습니다."

'엄청나구나.'

백주민의 이야기를 들은 내가 감탄했다.

그는 채 일주일도 걸리지 않아서 천만 원을 이억 오천만 원으로 불려 왔다.

'회귀자인 만큼 능력은 있을 거야!'

이렇게 확신하고 천만 원을 내놓기는 했었지만, 내 짐작보다 훨씬 높은 수익률이었다.

이에 감탄을 금치 못하고 있을 때, 백주민이 벌떡 일어났다.

"제게 재기할 수 있는 기회를 주셔서 감사합니다."

내게 고개를 깊숙이 숙이며 백주민이 감사 인사를 건넸다.

"서진우 씨가 왜 절 믿고 이런 기회를 주셨는지는 여전히 모르겠습니다. 그렇지만 서진우 씨가 준 기회 덕분에 저는 재기할 수 있는 기회를 얻었습니다. 그래서 이 돈을 드리려고 합니다."

'은행 이자와는 비교할 수 없을 정도로 높은 수익률이네.'

백주민에게 천만 원을 맡겼는데 일주일도 지나지 않아 일억이 넘는 돈을 갖고 와 있었으니 내 입장에서는 엄청나게 남는 장사였다.

마치 당연하다는 듯이 일억이 넘는 거액이 들어 있는 공공칠가방을 앞으로 내밀고 있는 백주민을 바라보던 내가 떠올린 것은… 신은하였다.

신은하 역시 회귀자.

그 사실을 알고 있는 난 그녀를 경계했다.

하지만 지금까지 살아오면서 신은하는 내게 해가 된 적이 없었다.

오히려 도움이 됐다.

신은하의 인맥 덕분에 신대섭을 만나서 '블루윈드' 최대 지분 보유자가 될 수 있었고, 박준용을 JK미디어로 영입할 수도 있었다.

그로 인해 내 생각이 서서히 바뀌었다.

'굳이 경계하면서 일부러 밀어낼 필요가 있을까?'

직접적 이해 충돌 당사자라고 할 수 있는 같은 영화 제작자인 회귀자 심대평과는 달랐다.

신은하는 배우.

영화 제작자인 나와 부딪칠 일은 별로 없었다.

그래서 직접적 이해 충돌 당사자가 아닌 회귀자의 경우에는 꼭 경계하며 거리를 둘 필요가 없다는 생각이 들었다.

그리고 지금 마주 앉아 있는 백주민도 마찬가지였다.

금융 투자자인 백주민과 나는 직접적 이해 충돌 당사자가 아니었다.

'서로 도움을 주고받을 수도 있지 않을까?'

Chapter. 4

"복수하고 싶지 않으십니까?"

그와 공존이 가능하다고 판단한 내가 입을 뗐다.

"복수… 요?"

이런 질문을 던질 거라고는 예상치 못했던 듯 백주민은 당황한 표정으로 되물었다.

"일주일도 채 지나지 않은 시점에 천만 원을 이억 오천만 원으로 불려 왔다는 것은 백주민 씨가 실력이 뛰어난 투자자란 증거라고 생각합니다. 그런 백주민 씨가 사채까지 끌어 썼을 정도로 확신을 갖고 투자를 했지만 커다란 손실을 보았던 것은 누군가 중간에서 장난을 쳤기 때문이 아닐까? 이런 의심이 들지 않으십니까?"

"……"

백주민의 표정은 금세 딱딱하게 굳어져 있었다.

'이미 의심하고 있었네.'

백주민은 미래를 알고 있는 회귀자.

그래서 무조건 큰 수익을 낼 수 있다는 확신을 가진 채 투자를 했으리라.

그런데 그가 알고 있던 미래가 바뀌면서 재기가 불가능할 정도로 커다란 손실을 입었다.

백주민의 입장에서는 당혹스럽기 짝이 없는 상황일 터.

물론 난 그가 곤경에 처하게 된 이유를 짐작할 수 있다.

'변종 회귀자가 끼어들었을 확률이 높다!'

역시 변종 회귀자인 나는 충분히 짐작이 가능했다.

하지만 일반 회귀자인 백주민은 변종 회귀자의 존재를 몰랐다.

아니, 본인을 제외한 또 다른 회귀자가 존재한다는 사실조차도 모르고 있을 것이었다.

그런 그는 본인이 알고 있는 미래와 달라진 미래에 당황하면서 원인을 찾고 있으리라.

"당연히… 복수하고 싶습니다."

잠시 후, 백주민이 핏발 선 눈으로 날 바라보며 대답했다.

만약 그가 내가 운전하는 차로 뛰어들지 않았다면, 그의 미래는 두 가지였다.

또 다른 각그랜저에 치여서 비명횡사했거나, 사채 빚을 갚지 못해서 소리 소문 없이 죽임을 당했거나.

백주민의 입장에서는 복수하고 싶은 게 당연했다.

"복수를 하기 위해서는 준비가 필요하지 않겠습니까?"

"준비… 라면?"

"돈이 돈을 번다."

"……?"

"저는 금융에 대해서도 투자에 대해서도 잘 모릅니다. 그렇지만 친분이 있는 투자자분께서 '돈이 돈을 번다'라고 말씀하셨던 것은 기억하고 있습니다. 제 짐작이 틀리지 않다면 백주민 씨가 복수를 해야 할 상대는 거대한 부를 축적하고 있을 겁니다. 그런 상대에게 복수하기 위해서는 백주민 씨도 그에 못지않은 부를 축적해야 하지 않겠습니까? 그래서 저는 시험에 통과한 백주민 씨에게 투자를 해 보려고 합니다. 만 원을 종잣돈으로 일억을 만드는 것보다는 오천만 원을 종잣돈으로 일억을 만드는 것이 훨씬 더 쉽지 않겠습니까?"

"저를 어떻게 믿고… 투자를 하시려는 겁니까?"

내가 믿는 것은 백주민이 아니다.

회귀자 감별 능력이다.

백주민이 회귀자라는 사실을 알고 있기 때문에 그에게 과감하게 투자를 하려는 것이다.

하지만 내가 변종 회귀자라는 것을, 또 회귀자 감별 능력 덕분에 백주민이 회귀자라는 사실을 알고 있다는 것을 밝힐 수는 없는 노릇.

그래서 난 다른 대답을 꺼냈다.

"말씀드렸다시피 저는 한국대학교 법학과에 재학 중인 대학생입니다. 그런 제게 거액을 투자한 분이 있습니다. '밸류에셋'의 채동욱 대표님입니다."

"아, 저도 '밸류에셋'은 알고 있습니다."

백주민은 금융 투자자.

그런 그가 투자 전문 회사인 '밸류에셋'의 이름조차 모른다면 오히려 그게 더 이상한 일이었다.

"서진우 씨는 채동욱 대표님을 어떻게 알고 계시는 겁니까?"

"중요한 건 제가 어떻게 채동욱 대표님과 친분을 쌓았는가가 아닙니다. 채동욱 대표님이 제게 거액을 투자했다는 것이 중요하죠."

딱 잘라 말한 내가 덧붙였다.

"십억입니다."

"십억… 이요?"

"일개 대학생에 불과한 제게 채동욱 대표님이 투자한 금액이 십억이란 뜻입니다. 그리고 채동욱 대표님은 십억을 제게 투자하면서 투자자인 자신의 안목을 믿는다고 했습니다."

"……?"

"저도 마찬가지입니다. 제 안목을 믿고 백주민 씨에게 투자하려는 겁니다."

＊　　　　＊　　　　＊

채동욱은 절대 만나기 쉬운 사람이 아니다.

그를 만나서 대화를 나누거나 자문을 구하기 위해서는 한 달 전부터 약속을 잡고 대기해야 할 정도였다.

하지만 예외도 있다.

그 예외가 바로 나다.

"서진우가 찾아왔다고 전해 주십시오."

미리 약속을 잡지 않고 찾아가더라도 난 언제든지 채동욱을 만날 수 있다.

이번에도 마찬가지였다.

데스크에서 내 이름을 밝힌 지 십 분도 지나지 않아서 난 '밸류에셋' 본사 대표 이사실로 들어설 수 있었다.

"서 선생, 어서 오게."

채동욱은 언제나처럼 날 반갑게 맞이했다.

'반가울 만하지.'

내게 과외를 받기 시작한 후, 반에서도 하위권이었던 채수빈은 성적이 급상승해서 한국대학교 입학을 노리고 있었다.

게다가 내 조언을 듣고 투자해서 '밸류에셋'은 큰 수익을 냈다.

날 반기지 않는다면 그게 오히려 더 이상한 일이었다.

"오늘은 무슨 일로 찾아왔나?"

"부탁드릴 게 있어서 찾아왔습니다."

"부탁? 어떤 부탁인가?"

"'IMF'의 정산금을 미리 받고 싶습니다."

일반적인 경우, 제작사는 영화가 극장에서 내려오고 육 개월가량 지난 시점에 수익금을 정산받는다.

사실 수익금 정산은 그리 어렵지 않다.

관객 수만 알고 있으면 정산이 가능하기 때문이다.

그런데 왜 이렇게 수익금 정산에 오랜 시간이 걸리느냐고?

그 이유는 나도 모른다.

어쩌면 이자 수익을 한 푼이라도 더 올리기 위함이 아닐까 하는 추측만 가능하다.

어쨌든 정산 비율은 복잡한 듯 보이지만 간단하다.

1996년의 영화 관람료는 6,000원.

이중 투자사와 제작사에 돌아가는 것은 대략 50% 수준이다.

'IMF'의 최종 관객수는 대략 100만 명.

여기에 영화 관람료 6,000원을 곱하면 60억이다.

그중 50%면 30억이고, 이 30억을 투자사와 제작사가 나눠 갖는 구조다.

보통 투자사와 제작사의 수익 배분 비율이 7:3이니, 투자사는 15억 이상을 가져간다.

'이러니 재주는 곰이 넘고 돈은 왕서방이 챙긴다는 말이 나오지.'

영화 제작사는 프리 프로덕션부터 촬영, 그리고 편집까지 영화 한 편을 만드는 과정에서 모든 일을 직접 챙기며 컨트롤한다.

그리고 배급을 맡은 극장주는 상영관이라도 빌려준다.

하지만 투자사가 하는 일은 자금을 투자하는 것이 전부.

그럼에도 불구하고 오히려 제작사보다 더 큰 수익을 챙겨간다.

그러니 어찌 억울한 마음이 들지 않을 수 있을까.

물론 투자사는 자금을 투입한 영화가 흥행에 실패하는 경우에 대한 리스크를 떠안는다고 항변한다.

하지만 흥행 실패에 대한 리스크를 떠안는 것은 투자사만이 아니다.

영화 제작자도 한 편의 영화가 실패하면 재기가 불가능해질 정도로 치명적인 타격을 입는 것은 마찬가지다.

극장주는 수익이 줄어드니 역시 리스크를 떠안는 셈.

그나마 다행인 것은 'IMF'라는 작품에는 특수성이 존재한다는 점이다.

그 특수성은 전문 투배사가 아닌 '밸류에셋'에서 투자를 했고, 투자사와 제작사의 수익 배분 비율은 6:4로 정했다.

'그래도 많은 건 마찬가지지만.'

'밸류에셋'이 'IMF'에 투자한 금액이 일억이었는데, 'IMF'의 흥행 덕분에 18억 정도를 챙기게 되었다.

수익률은 무려 1,800%.

일전에 내가 채동욱에게 장담했던 대로 로우 리스크 하이 리턴을 실현시킨 셈이었다.

"서 선생이 원래 받아야 할 돈을 받아 가는 것인데 부탁이란 표현을 쓰는 것도 애매하군."

그래서일까.

채동욱은 환하게 웃으며 흔쾌히 부탁을 수락했다.

"유니버스 필름과 레볼루션 필름이 공동 제작 했으니 수익 배분은 5 대 5인가?"

"그렇습니다."

"그럼 6억 정도 되겠군. 서 선생 계좌로 바로 이체하겠네."

6억은 큰돈이다.

'일단 자금은 마련했다.'

내가 안도의 한숨을 내쉬었을 때, 채동욱이 넌지시 물었다.

"자금은 언제 투입하면 될까?"

'이미 꿀 한 번 빨았으니까.'

채동욱은 'IMF'에 투자해서 큰 재미를 봤다.

더 큰 욕심이 생기는 것이 인지상정.

그는 신생 투자 배급사 Now&New에 투자하는 데 노골적으로 관심을 드러내고 있는 것이었다.

"채 대표님."

"말하게."

"Now&New에 투자하시는 것은 보류하시는 것이 좋을 것 같습니다."

"이유가 무엇인가?"

"너무 위험한 투자라는 생각이 들었습니다."

"하지만……"

"'IMF'는 운이 좋았습니다. 그렇지만 영화판에서 운이 계속 이어지는 경우는 드뭅니다. 영화의 신은 심술이 심한 편이거든요."

뜬금없이 영화의 신까지 들먹이며 채동욱의 투자를 만류하는 이유.

Now&New에 투자하는 것을 막기 위함이다.

그렇지만 이미 'IMF'에 투자해서 로우 리스크 하이 리턴의 맛을 제대로 본 채동욱은 미련을 쉽게 떨치지 못하는 기색이다.

그런 채동욱이 미련을 버릴 수 있도록 내가 다시 입을 뗐다.

"곧 대한민국 경제가 엄청난 혼돈 속으로 빠져들게 된다는 사실, 채 대표님도 아시지 않습니까?"

"IMF 구제 금융 사태를 말하는 건가?"

"맞습니다."

"서 선생은 정말 대한민국 정부가 IMF에 구제 금융을 신청할 거라고 생각하나?"

채동욱은 명실공히 투자전문가.

그런 그조차도 아직 IMF 구제 금융 사태가 벌어지게 될 것을 확신하지 못하고 있었다.

'이러니 패닉에 빠졌지.'

채동욱이 이럴진대 일반인들은 어떨까.

내가 'IMF'라는 작품을 제작해서 한국 경제가 처한 위험성을 경고했지만, 분명한 한계가 있었다.

영화를 관람하고 한국 경제가 처한 위험성을 알아채고 대비하는 이들은 극소수였다.

대부분의 국민들은 여전히 국제 통화 기금의 존재조차 몰랐다.

"저는 그렇게 될 거라고 확신합니다. 그리고 위기는 곧 기회라는 말이 있습니다. 위기와 함께 찾아오는 기회를 놓치지 않기 위해서는 준비를 하셔야 합니다."

"어떤 준비를 하란 말인가?"

"가용할 수 있는 자금을 확보해 둬야죠."

"서 선생 조언도 일리가 있군. 무슨 뜻인지 알겠네."

채동욱이 두 눈을 빛내며 대답했다.

'이제 미련이 사라졌네.'

내심 안도하고 있을 때, 채동욱이 다시 물었다.

"서 선생은 정산금을 받으면 무엇을 할 텐가?"

"투자해야죠."

"어디에 투자할 텐가?"

채동욱이 호기심을 드러내며 질문한 순간, 내가 대답했다.

"사람입니다."

*   *   *

내가 투자할 대상은 백주민이다.

하루 만에 5억이 넘는 거액을 만들어 오자, 백주민은 놀란 기색이 역력했다.

"부잣집 아드님입니까?"

백주민이 조심스럽게 던진 질문에 내가 대답했다.

"아버지가 삼환공업 다니십니다."

"삼환공업이요? 상장기업은 아닌가 보네요."

'상장기업은 훤히 꿰뚫고 있겠지.'

내가 속으로 생각하면서 덧붙였다.

"직원이 오십 명도 안 될 겁니다."

"그럼 서진우 씨 아버지가 삼환공업 오너이십니까?"

"과장입니다."

"……?"

"곧 정리 해고 당하실 거고요."

예상과 다른 대답으로 인해 당혹스러운 표정을 짓고 있는 백주민에게 내가 부연했다.

"부잣집 아들과는 거리가 멀다는 뜻입니다."

"그럼 이런 거액은 어떻게 구하신 겁니까?"

"열심히 일해서 벌었죠."

내가 지갑에서 명함을 꺼내서 내밀었다.

레볼루션 필름 대표 서진우라고 적혀 있는 명함을 확인한 백주민이 놀란 표정을 지은 채 물었다.

"영화를 제작하십니까?"

"네."

"혹시 개봉한 영화도 있습니까?"

"얼마 전에 'IMF'라는 영화를 제작해서 개봉했습니다."

"그 영화 알고 있습니다. 그 영화를 서진우 씨가 제작했을 줄이야."

"저 혼자 제작한 게 아닙니다. 공동 제작입니다. 그리고 이 돈은 'IMF' 제작자로서 받은 수익 정산금이고요."

내게 새삼스러운 시선을 던지던 백주민이 다시 질문했다.

"혹시 또 있습니까?"

"'텔 미 에브리씽'이란 작품도 공동 제작 했습니다."

"그게 정말이십니까?"

'IMF'를 제작했다는 이야기를 들었을 때보다 훨씬 더 놀란 표정으로 백주민이 다시 물었다.

"그때도 수익금을 정산받았을 것 아닙니까? 그 수익금은 어디에 쓰셨습니까?"

"분당에 집과 땅을 좀 샀습니다."

"부동산에 투자했군요."

납득한 표정으로 고개를 끄덕이던 백주민이 덧붙였다.

"분당이라. 아주 좋은 장소에 투자하셨군요."

'역시 알고 있네.'

백주민도 회귀자.

앞으로 좀 더 시간이 지나면 분당이 신도시로 조성된다는 사실 정도는 당연히 알고 있었다.

그래서 좋은 장소에 투자했다고 평가한 것이고.

"친척 중에 고위 공무원이 있습니다. 그분이 분당에 개발 호재가 있다고 알려 줘서 투자한 겁니다."

내가 회귀자라는 사실을 의심받지 않기 위해서 꺼낸 거짓말.

"그렇군요."

다행히 백주민은 의심하는 기색이 아니었다.

아니, 부동산에 아예 관심이 없다고 표현하는 게 더 맞았다.

'인생 참 아이러니해.'

누군가는 확실한 개발 정보를 알지 못해서 안달이 나 있는 상태였다.

그런데 백주민은 확실한 개발 정보를 알려줘도 전혀 관심이 없었다.

'전문 분야가 따로 있으니까.'

내가 영화 쪽이 전문 분야인 것과 마찬가지로, 백주민은 금융과 투자가 전문 분야였다.

그래서 부동산 개발 정보에 관심이 없는 것이었다.

"하나만 더 물어도 될까요?"

"말씀하시죠."

"지난번에 '밸류에셋' 채동욱 대표님에게서 10억을 투자받았다고 말씀하셨지 않습니까? 그 10억을 어떻게 사용하셨습니까?"

"'블루윈드'라는 연예 기획사에 투자했습니다."

"'블루윈드'는 저도 압니다."

"어떻게 아십니까?"

"이강희 씨 팬이거든요. 그리고 투자자 입장에서도 '블루윈드'를 주목하고 있었습니다. 기업 가치가 저평가돼 있거든요."

"제가 '블루 윈드'의 최대 지분 보유자입니다."

"대단하시네요."

날 바라보는 백주민의 시선이 또 한 번 바뀌었다.

'궁금하겠지.'

난 백주민에게 거액을 투자하기로 한 장본인.

내가 어떤 사람인지 궁금해하는 것이 당연지사였다.

그리고 나 역시 백주민이 궁금한 것은 마찬가지다.

그에게 거액을 투자하는 입장이니까.

"이번엔 제 차례군요."

"네? 네. 궁금한 게 있으면 물어보시죠."

내가 가장 궁금했던 것을 물었다.

"왜 망했습니까?"

* * *

회귀자는 어지간해서는 망하기 힘들다.

미래 지식을 알고 있기 때문이다.

그런데도 백주민은 쫄딱 망했다. 그리고 난 백주민이 쫄딱 망한 이유를 알기 위해서 질문을 던진 것이었다.

무척 아픈 기억이기 때문일까.

백주민은 바로 대답하지 않고 커피부터 한 모금 마셨다.

"격언을 무시한 대가를 치렀다고 생각합니다."

잠시 후, 백주민이 꺼낸 대답이었다.

"어떤 격언을 무시했다는 겁니까?"

"계란은 한 바구니에 담지 말라는 격언 말입니다. 그 격언을 무시하고 라망건설에 올인을 했던 것이 패착이었습니다."

"……?"

"라망건설은 부도가 나지 않았어야 합니다. 그런데… 부도가 났죠."

백주민은 살짝 격앙된 목소리로 라망건설이 부도가 나지 않은 것에 대해서 성토했다.

'듣고 보니 기억이 나네.'

나도 신문은 본다.

그래서 라망건설이 부도가 났다는 기사는 본 적이 있었다.

'원래라면 부도가 나지 않았어야 하는 회사였나 보구나.'

회귀자인 백주민이 부도 위기에 처했던 라망건설이 극적으로 기사회생하는 것에 올인 했던 이유.

미래 지식을 알고 있어서였다.

그런데 회생할 거라 예상했던 라망건설이 부도가 나면서 영끌 해서 투자했던 백주민은 쫄딱 망한 것이었다.

비로소 자초지종을 알게 된 내가 말했다.

"예방 주사를 맞았다고 생각하십시오."

"……?"

"한번 망해 봤으니 똑같은 실수를 범하지 않을 수 있을 테니까요."

'너무 직설적이었나?'

백주민의 표정이 와락 일그러져 있는 것을 확인한 내가 머리를 긁적이며 다시 생각에 잠겼다.

'누굴까?'

원래는 기사회생했어야 할 라망건설이 끝내 부도가 나고 만 것.

미래가 바뀌었다는 증거였다.

그리고 미래는 그냥 바뀌지 않는다.

누군가 미래가 바뀌도록 관여를 했다는 뜻이었다.

그게 대체 누구인가에 대해서 호기심이 치민다.

그자 역시 변종 회귀자일 확률이 높아서였다.

그렇지만 지금으로서는 그자의 정체를 알아낼 방법이 요원했다. 그리고 지금은 더 시급한 일이 있었다.

"백주민 씨에게 투자를 할 계획입니다."

내가 거액을 투자할 거라고 밝히자, 백주민은 당황한 기색으로 말했다.

"또… 실패할 수도 있습니다."

"압니다."

"그런데 왜……?"

"예방 주사를 맞았으니까요."

"……?"

"왠지 또 망할 것 같지는 않거든요."

내가 웃으며 대답한 순간, 백주민이 뭔가를 결심한 듯 비장한 표정으로 제안했다.

"저와 동업을 하시죠."

"동업… 이요?"

"조세 피난처 중 한 곳인 델리 아일랜드에 페이퍼 컴퍼니를 세우고 본격적으로 투자에 뛰어들 계획이었습니다. 그런데 라망건설이 부도를 나면서 제가 그렸던 계획이 어그러졌죠. 하지만 서진우 씨 덕분에 다시 기회가 찾아왔으니 원래 갖고 있던 계획을 이어 나갈 생각입니다. 그리고 서진우 씨와 함께 일해 보고 싶습니다."

"저와 함께 동업을 하시려는 이유는요?"

"고마워서입니다."

'고맙다? 하긴 고마울 수도 있겠네.'

내가 백주민에게 투자를 하려는 것.

언제든 가용할 수 있는 자금을 확보하기 위해서였다.

쉽게 말해 돈을 벌기 위해서 그에게 투자하기로 결심한 것이었다.

하지만 백주민의 입장에서는 망한 투자자를 믿고 투자하는 셈이니 고마운 마음을 가질 수도 있단 생각이 들었다.

'그동안 너무 주먹구구식이었어.'

회귀를 한 후 지금까지 난 꾸준히 투자를 해 왔다.

그렇지만 너무 주먹구구식으로 투자를 해 온 것임은 부인할 수 없었다.

이제부터라도 제대로 된 방식으로 투자를 하는 게 맞다는 판단을 내린 내가 백주민에게 질문했다.

"동업을 한다면 조건은 어떻게 됩니까?"

"8:2가 맞다고 생각합니다."

수익 배분 비율을 5:5로 하는 것을 예상했던 내가 그에게
물었다.

"백주민 씨가 8, 제가 2인 조건입니까?"

"아니요. 정확히 반대입니다."

내가 수익의 8할을 갖고, 본인이 2할을 갖는 조건이라는 백
주민의 대답을 듣고서 살짝 당황했을 때였다

"투자금을 구해 온 것이 서진우 씨니까 수익의 8할을 갖는
것이 맞다고 생각합니다."

"하지만……."

"그리고 서진우 씨는 절망하고 있던 제게 재기할 수 있는
소중한 기회를 준 분입니다."

'내 입장에서는 손해 볼 것 없는 제안.'

이 정도 조건이라면 유능한 투자자인 백주민에게 자금을
맡기고 수익이 났을 때 수익금의 이 할을 수수료로 지불하는
구조였다.

"수익률은 얼마나 예상하십니까?"

"일단 목표 수익률은 1,000%입니다."

내 질문에 백주민이 꺼낸 대답.

6억을 맡겼으니 수익률 1,000%라면 60억으로 만들어 오겠
다는 뜻이었다.

'내 투자금이 60억으로 불어나면… 자금 걱정은 사라지

겠네.'

내 수중에 60억이 생긴다면?

투자 배급사 Now&New의 설립 투자금에 대한 걱정이 사라진다.

'정말 목표 수익률을 달성할 수 있을까?'

이제 남은 과제는 백주민이 방금 한 말을 지킬 수 있는가였다. 그런데 나는 백주민의 능력을 믿었다.

아니, 좀 더 정확히 표현하면 회귀자 백주민의 능력을 믿고 있었다.

"백주민 씨."

"말씀하시죠."

"사명은 무엇입니까?"

"BJM컴퍼니였습니다."

'본인 이름 앞 글자를 따서 만든 사명이네.'

내가 금세 BJM컴퍼니라고 사명을 정했던 이유를 알아챘을 때, 백주민이 다시 말했다.

"사명은 변경하려고 합니다."

"왜… 사명을 변경하려는 겁니까?"

"새 술은 새 부대에 담는 게 맞다고 생각하니까요."

'내가 영화 제작사명을 변경한 것과 비슷한 이유구나.'

영화사 월광에서 레볼루션 필름으로.

난 회귀하고 난 후, 영화 제작사의 사명을 변경했다.

그 이유는 실패했던 지난 삶과 단절하고 새로운 시작을 하고 싶어서였다.

백주민의 입장에서 BJM컴퍼니는 아픈 실패의 기억.

재기할 수 있는 기회가 찾아왔으니 사명부터 변경하고 싶은 것이리라.

"그리고 이제는 저 혼자가 아니니까요. 서진우 씨와 동업을 하게 됐으니 사명을 SB컴퍼니로 바꾸고 싶습니다."

'SB컴퍼니라.'

Seo jinwoo의 앞 글자 S, Baek jumin의 앞 글자 B.

그래서 SB컴퍼니라고 사명을 정했다는 것을 알아챈 내가 제안했다.

"BS컴퍼니가 더 낫지 않을까요?"

그 제안을 들은 백주민이 고개를 흔들며 대답했다.

"SB컴퍼니라고 짓는 게 맞다고 생각합니다. 서진우 씨가 SB컴퍼니의 대표 이사이니까요."

*   *   *

투자자 백주민의 삶은 천당과 지옥을 여러 차례 오갔다.

'무조건 성공한다.'

지금도 여전히 말도 안 되는 일이라고 생각하지만, 운 좋게 회귀를 한 후 백주민은 성공에 대한 확신을 가졌다.

금융 투자자에게 있어서 미래에 대한 지식이 있다는 것.

게임으로 치자면 치트 키를 켜 놓고 게임을 하는 것이나 마찬가지였기 때문이었다.

그래서 절대 실패는 없다고 확신했는데.

그 확신은 보기 좋게 빗나갔고, 백주민이 했던 투자는 실패했다.

'라망건설이 왜 부도가 났을까?'

백주민의 기억 속 라망건설은 부도가 나지 않았다.

부도 위기에 처했던 라망건설은 사우디아라비아 국영 건설 사업에 입찰해서 극적으로 수주에 성공하면서 기사회생했다.

그런데 미래가 바뀌었다.

라망건설이 사우디아라비아 국영 건설 사업 수주에 실패하면서 그대로 부도가 나 버린 것이었다.

라망건설이 부도가 나지 않을 것이라고 판단하고 사채까지 끌어서 선물과 옵션에 자금을 올인 했던 백주민의 입장에서는 청천벽력 같은 소식.

예상치 못했던 실패는 뼈아팠다. 그리고 무서운 사채업자들에게 쫓기느라 재기는 꿈도 꾸지 못했다.

그렇게 절망의 늪에 빠져서 허우적댈 때, 서진우가 손을 내밀었다. 그리고 서진우의 도움 덕분에 사채 빚을 해결하고 재기할 수 있는 기회를 얻었으니, 평생 빚을 갚아야 할 은인이나 마찬가지였다.

'보통 사람은 아냐.'

어느 정도 여유가 생긴 후, 백주민은 서진우에 대해서 나름 조사를 했다.

조사 결과, 백주민은 서진우가 보통 사람은 아니라는 결론을 내렸다.

한국대학교 법학과 신입생인 서진우가 '텔 미 에브리씽'과 'IMF'라는 두 편의 영화 시나리오를 썼을 뿐만 아니라 제작까지 한 것만 해도 범상치 않았다.

그런데 그게 다가 아니었다.

음반 제작사 JK미디어 이사, 연예기획사 '블루윈드' 최대 지분 보유자, 그리고 '밸류에셋' 대표 채동욱과의 친분까지.

서진우가 그간 이룬 성과는 절대 보통 사람은 해낼 수 없는 성과였다.

'어쩌면… 나처럼 회귀자가 아닐까?'

일반적인 상식을 벗어나는 서진우가 이룬 성과를 확인하고 난 후, 백주민은 이런 의심까지 품었을 정도였다.

물론 자신 외에 또 다른 회귀자가 있을 가능성은 극히 희박했다.

아니, 그럴 가능성은 없다고 판단하면서도 호기심을 이기지 못하고 질문을 던진 적이 있었다.

"혹시 특별한 능력을 갖고 있는 겁니까?"

"특별한 능력이요?"

"예를 들면… 미래가 어떻게 흘러갈지 안다든가 하는 것 말입니다."

"그럴 능력을 갖고 있을 리 없지 않습니까?"

특별한 능력은 없다고 대답한 서진우는 대신 사업 감각이 탁월한 편이라고 대답했었다.

'하긴 내게 회귀자냐는 질문을 했다고 하더라도 내가 회귀자라는 사실을 밝히지는 않을 테니까.'

만에 하나 서진우가 회귀자라고 하더라도, 그가 회귀자인가 여부를 확인할 방법은 없었다. 그리고 백주민은 거기서 호기심을 접었다.

"이번에는 성공한다."

지금 더 중요한 것은 한 번 더 주어진 기회에서 똑같은 실패를 겪지 않는 것이라고 판단했기 때문이었다.

SB컴퍼니 대표 이사 백주민.

원래 계획은 서진우에게 대표 이사 직책을 넘기고 자신은 부대표를 맡으려고 했다.

하지만 서진우가 극구 대표 이사 직책을 맡지 않겠다고 고집하는 바람에 결국 자신이 SB컴퍼니의 대표 이사 직책을 맡게 됐다.

그래서 이번에는 무슨 수를 써서라도 SB컴퍼니를 성공으로 이끌어야 했다.

각오를 마친 백주민은 더 망설이지 않고 증권 거래소로 달려갔다.

*　　　　*　　　　*

NEXT END에서 END OND으로.

내가 사명을 바꾼 게임 회사로 찾아간 이유는 김창주에게서 '카트 라이더스' 시뮬레이션 버전을 만들었다는 연락을 받아서였다.

'확실히 실력은 있어.'

그 짧은 사이에 벌써 시뮬레이션 버전을 제작한 김창주에게 감탄하며 내가 최대 지분 보유자로서 그의 노고를 치하했다

"고생하셨습니다."

그렇지만 김창주의 표정은 밝지 않았다.

"이게… 성공할까?"

그의 표정이 밝지 않은 이유는 '카트 라이더스'의 성공에 대한 확신이 없어서였다.

'또 쓸데없는 고민 하시네.'

회귀자인 내 입장에서는 김창주가 하고 있는 고민이 전혀 쓸데없는 고민처럼 느껴졌다.

하지만 김창주 입장에서는 충분히 고민할 수 있는 부분이었다.

그래서 내가 입을 뗐다.

"지난번에도 똑같은 고민을 하시지 않았습니까?"

"응?"

"'바람의 세계'를 개발하고 난 후에도 과연 이게 성공할까 하는 고민을 했지 않습니까? 그런데 어떻게 됐습니까?"

"성공… 했지."

"그냥 성공한 게 아니라 대박 조짐이 보이고 있죠."

'바람의 세계'의 동시 접속자 수는 꾸준히 증가하고 있었다.

그럼에도 불구하고 '바람의 세계'의 개발자인 김창주가 환하게 웃지 못하는 이유, 아니, 표정이 오히려 구겨진 이유는 '바람의 세계'를 입양 보냈기 때문이었다.

"그 얘긴… 이제 그만하지."

"알겠습니다."

"그런데… 기말고사 기간 아니야?"

"맞습니다."

"그런데 시험 공부 안 하고 이렇게 돌아다녀도 되나?"

"시험 보고 왔습니다."

"응?"

"아는 게 없어서 백지로 제출하고 왔습니다."

"……?"

"기분도 꿀꿀한데 레이싱이나 한판 하시죠."

내가 컴퓨터 앞에 앉자, 김창주도 다른 컴퓨터 앞에 앉으며 입을 뗐다.

"레이싱 하고 나면 기분이 더 꿀꿀해질 것 같은데?"

"왜요?"

"레이싱에서 질 테니까."

김창주는 게임 대결을 시작하기 전 자신의 승리를 확신했다.

'운전면허도 없는 양반이.'

내가 발끈해서 대답했다.

"누가 이길지는 해 봐야 알죠."

"그건 아니지. 내가 디자인한 코스에서 레이싱을 하는데 내가 질 리가 없어."

"그럼 내기라도 할까요?"

"내기? 후회할 텐데?"

"누가 후회할지는 레이싱이 끝나 보면 알겠죠."

"그럼 내기하지. 뭘 걸까?"

END ONE 지분 1%를 걸자고 제안하려다가 참았다.

고작 레이싱 한 판에 너무 큰 금액을 거는 것 같아서.

"지는 사람이 피자 쏘는 걸로 하죠."

"콜!"

피자 내기에 김창주가 콜을 외친 순간, NEXT END 시절부터 함께한 직원들이 우르르 몰려들었다.

"대표님, 힘내십시오."

"대표님의 압승에 한 표."

"게임 개발자의 무서움을 보여 주십시오."

'원정 경기를 치르는 선수의 심정이 이런 거구나.'

일방적인 응원에 문득 서러움을 느낀 내가 입을 뗐다.

"제가 END ONE 최대 지분 보유자라는 사실을 다들 잊고 있나 보네요."

딱 한마디를 던져서 직원들의 입을 다물어 버리게 만든 내가 레이싱을 시작하기 전에 각오를 밝혔다.

"오너드라이버의 위엄을 보여 드리죠."

"게임 개발자의 위엄을 보여 드리죠."

파이브, 포, 쓰리, 투, 원. 스타트!

레이싱이 시작됐다.

'이야, 살다 보니 이런 날이 오는구나.'

향후 전 세계적인 인기를 누리게 되는 '카트 라이더스' 시뮬레이션 버전을 게임 개발자인 김창주와 함께 하는 것.

분명 색다른 경험이었다.

그래서 묘한 감정에 빠져 있을 때, 김창주의 빨강색 레이싱카가 내 검정색 레이싱카를 추월했다.

"피자 꼭 사야 한다."

이미 승리를 확신하고 있는 김창주를 발견한 내가 감상에서 빠져나와 본격적으로 레이싱에 집중하기 시작했다.

"제가 하고 싶은 말입니다."

본격적으로 레이싱이 펼쳐졌다.

그리고 얼마 지나지 않아 레이싱이 끝났다.

"참고로 저는 포테이토 피자를 좋아합니다."

당연하게(?) 레이싱의 승자가 된 내가 피자 취향을 알려 주었다.

"말도… 안 돼!"

레이싱의 패자가 된 김창주는 양손으로 머리를 감싸 쥔 채 쥐어뜯었다.

게임 개발자인 본인이 레이싱에 패했다는 작금의 현실을 받아들이기 힘든 듯 보였다.

"어떻게… 어떻게… 내가 질 수가 있지?"

"제가 한 게임 합니다."

"그래도… 그래도……"

"분하고 억울하시죠?"

"그래."

"그럼 실력 좀 늘리고 나서 다시 도전하시죠. 도전은 언제든지 받아들이겠습니다."

내가 씩 웃으며 말하자, 김창주의 표정이 구겨졌다.

그런 그에게 내가 덧붙였다.

"아, 실력 늘리는 것보다는 좋은 아이템과 장비를 구입하는 것이 더 빠르겠네요."

"……?"

"어떻습니까? 이제 '카트 라이더스'의 수익을 어디서 얻어야 할지 감이 좀 잡히셨나요?"

*　　　　　*　　　　　*

김창주는 약속대로 피자를 샀다.

하지만 난 피자를 함께 먹으며 승자의 기쁨을 만끽하지 못했다.

—저녁 같이 먹을래?

성민아가 보낸 문자 메시지 때문이었다.

"이제 대답을 하려나?"

성민아에게 고백 비스무리한 이야기를 했던 적이 있었다.

당시 그녀는 고민할 시간을 달라고 대답했었고.

그리고 성민아가 예고 없이 문자메시지를 보내서 데이트 신청을 한 순간, 그녀가 마음의 결정을 내렸다는 직감이 들었다.

'사귀자!'

성민아는 지난 생의 내 첫사랑이었다.

그래서 좀 더 특별한 의미로 다가왔고, 만약 그녀가 내가 했던 제안을 수락하면 사귀어 보기로 난 결심했다.

　"서진우, 너 미쳤어? 어떻게 대한민국 남자들의 우상인 내가 아니라 다른 여자랑 사귈 수 있어?"
　"진우, 네가 나한테 어떻게 이럴 수 있어? 사랑이 어떻게 변하니?"
　"선생님, 대실망이에요. 어떻게 순수한 고등학생의 마음에 이렇게 큰 스크래치를 내실 수가 있어요?"

　신은하와 이태리, 그리고 채수빈까지.
　만약 내가 성민아와 사귄다는 소식을 전해 들으면 그녀들이 쏟아낼 비난과 원성의 이야기들이 귓가에 선했다.
　그렇지만 중요한 것은 내 감정이었다.
　그리고 약속 장소인 커피 전문점에서 손으로 머리를 쓸어넘기며 아메리카노를 마시고 있는 성민아를 발견한 순간, 세 여인에 대한 생각은 사라졌다.
　'참 예쁘네.'
　첫사랑 버프를 받았기 때문일까.
　내 눈에 비친 성민아는 여전히 예뻤다.
　내로라하는 톱 여배우들보다도 훨씬 더.
　"뭘 드시고 싶습니까?"

내가 탁자 앞으로 다가가며 묻자, 성민아가 고개를 들었다.

"진우, 왔구나."

'표정이 왜 이래?'

성민아는 평소와 달리 내 시선을 피하는 느낌이었다.

'부끄러운 건가?'

지금까지는 선후배 관계였다.

그런데 내 고백(?)을 수락하면 이제부터는 연인 사이가 되는 것이었다.

그래서 쑥스러운 마음에 내 시선을 피하는 것이라고 판단했을 때였다.

"할 이야기가 있어."

시선을 아래로 내리깐 채 성민아가 말했다.

'예상대로구나.'

내 고백에 대해서 수락 의사를 밝히려는 것이라고 판단하고 가만히 기다리고 있을 때, 성민아가 입을 뗐다.

"홍진수 감독님, 알아?"

'응?'

성민아는 내 예상과는 다른 이야기를 꺼냈다.

'갑자기 홍진수 감독 이야기가 왜 나와?'

명색이 영화 제작자이니, 홍진수 감독은 알고 있었다.

비록 박도빈만큼은 아니었지만, 충무로에서 주목을 받고 있는 신인 감독 중 한 명이 홍진수였다.

"알고 있습니다."

뜬금없단 생각을 하면서 내가 대답하자, 성민아가 덧붙였다.

"역시 알고 있구나. 그럼 홍진수 감독님이 신작을 준비한다는 것도 알아?"

"거기까지는 몰랐습니다."

'왜 자꾸 홍진수 감독 이야기를 꺼내는 거야?'

내 의구심이 깊어졌을 때, 성민아가 다시 말했다.

"실은 홍진수 감독님이 신작 촬영에 곧 들어가. 그리고 내가 그 작품에 출연하게 됐어."

"오디션에 합격하신 겁니까?"

"음, 그건 아니고……."

오디션을 봐서 합격한 게 아니라는 이야기를 들은 내가 고개를 갸웃했다.

성민아는 아직 연극 영화과 학생.

연기 경험이 일천했다.

그런데 오디션도 보지 않고 영화 출연이 확정된 것은 분명 특수한 케이스란 생각이 들어서였다.

"추천을 받았어."

"추천… 이요? 누가 추천했습니까?"

"선재 오빠가 추천했어."

'리온 엔터테인먼트 홍보 팀장!'

일전에 바에서 우연히 오선재를 만났던 적이 있었다.

당시 만남을 가진 후, 난 이현주 대표에게 그에 대해 물어보았다.

리온 엔터테인먼트 홍보 팀장이라는 중책을 맡기에는 오선재가 너무 젊다는 점이 마음에 걸려서였는데.

예상대로 오선재가 젊은 나이에 리온 엔터테인먼트 홍보 팀장이란 중책을 맡은 데는 이유가 있었다.

리온 엔터테인먼트 대표 이사 오충식.

오선재는 그의 아들이었다.

그리고 대학 연합 동아리 '무비 스토커'의 선배로 성민아와 꽤 가까워 보였던 오선재가 그녀를 홍진수 감독에게 추천해서 캐스팅이 성사됐다는 이야기를 들은 순간, 난 대충 상황을 파악했다.

"혹시 홍진수 감독 신작의 투자와 배급을 리온 엔터테인먼트에서 맡는 겁니까?"

"응, 맞아."

내 짐작이 맞다는 것을 확인한 내가 한숨을 내쉬며 물었다.

"대가는 뭡니까?"

"대가… 라니?"

"세상에는 공짜가 없다는 것을 모를 정도로 누나가 순진하지는 않을 것 같은데요?"

"······."

"리온 엔터테인먼트 오선재 팀장이 홍진수 감독의 신작에 누나를 꽂아 준 것에 대해서 어떤 대가를 치러야 할 것 아닙니까?"

"어떻게 꽂아 줬다는 표현을 쓸 수 있어?"

내 표현이 너무 직설적이어서일까.

아니면, 정곡을 찔렸기 때문일까.

성민아는 얼굴을 붉힌 채 살짝 언성을 높였다.

"나도 그동안 열심히 연기 공부를 했어."

그녀가 항변했지만, 난 코웃음을 쳤다.

"그 흔한 연극 무대 한 번 서 본 적 없고, 단역으로 영화나 드라마에 출연한 적도 없지 않습니까?"

"그렇긴 하지만······."

성민아의 말문이 막힌 순간이었다.

"그쯤 하시죠."

오선재가 예고 없이 등장했다.

"내 여자 친구를 그렇게 몰아붙이는 것, 불쾌하거든요."

당연하다는 듯이 성민아의 옆자리에 앉으며 오선재가 말했다.

'이렇게 된 거구나.'

내 짐작대로 세상에 공짜는 없었다.

성민아는 홍진수 감독의 신작에 출연하는 대가로 오선재와 사귀는 사이가 됐다.

'첫사랑은 이뤄지지 않는 법이라더니.'

그 사실을 알게 된 순간 허탈한 마음이 들었을 때였다.

"민아는 선택을 한 겁니다. 누구도 그 선택을 비난할 자격은 없습니다."

원하는 것을 손에 넣어서일까.

오선재는 승자의 미소를 지은 채 여유롭게 말했다. 그리고 그의 말이 맞았다.

성민아는 선택을 했고, 그 선택을 비난할 자격이 내게는 없었다.

"기왕 선택했으니 올바른 선택이었기를 바라겠습니다."

더 앉아 있을 이유를 찾지 못한 내가 한마디를 던진 후 미련 없이 일어섰을 때였다.

"벌써 가려고? 내가 밥 사려고 했는데."

성민아가 미안한 표정으로 말했다.

'미안하긴 했나 보네.'

내가 속으로 생각하며 대답했다.

"남의 커플 사이에 끼어서 같이 밥 먹을 정도로 눈치가 없지는 않습니다."

'안녕, 내 첫사랑!'

내가 속으로 작별 인사를 건네며 몸을 돌렸을 때였다.

"서진우 대표님."

오선재가 날 불렀다.

"더 하실 말씀이 있으신가요?"

"민아가 서 대표님 칭찬을 많이 했습니다. 저도 서 대표님에게 관심이 많고요. 혹시 영화 일을 하다가 어려운 일이 있으면 연락하십시오."

마치 보란 듯이 성민아의 어깨에 손을 두른 채 오선재가 선심 쓰듯 말했다.

'누굴 거지로 아나?'

투자가 잘 안 되면 내게 연락해라. 그럼 내가 도와주겠다.

이런 의미가 담겨 있는 오선재의 이야기를 듣고서 내가 코웃음을 치며 말했다.

"리온 엔터테인먼트도 머잖아 큰 위기에 봉착하겠네요."

"왜 그런 악담을 하는 겁니까?"

"사사로운 정에 이끌려서 작품에 캐스팅을 하고, 투자를 결정하고 있으니까요."

딱딱하게 표정을 굳히고 있는 오선재에게 내가 덧붙였다.

"세상이 오선재 팀장님이 생각하는 것처럼 그렇게 만만한 곳이 아니라는 사실, 곧 뼈저리게 느끼게 되실 겁니다."

*   *   *

커피가 유난히 썼다.

그래서 서태호가 미간을 찌푸렸을 때, 강대만 이사가 불렀다.

"서 과장!"

"네."

"그동안 고생 많았네."

노고를 치하하는 것이 아니었다.

지금 자신의 시선을 피하기 위해서 고개를 떨군 채 강대만 이사가 건넨 말이 해고 통보란 사실을 모를 정도로 서태호가 아둔하지는 않았다.

'결국 때가 됐구나.'

언젠가는 이런 순간이 닥칠 거라 예상했다.

강대만이 예고 없이 이사실로 자신을 부른 순간, 이미 해고 통보를 받게 될 것을 어느 정도 직감하기도 했었고.

예상을 하고 있었던 덕분일까.

손이 벌벌 떨릴 정도로 충격이 크지 않았다.

또, 절망감도 들지 않았다.

'진우 덕분이구나.'

잠시 후, 서태호가 떠올린 것은 아들의 얼굴이었다.

가장의 무게를 나눠 지자고 제안한 아들 덕분에 이렇게 담담할 수 있다는 생각이 든 순간, 서태호의 입가에 미소가 떠올랐다.

"그동안 감사했습니다."

이런 서태호의 반응이 일반적이지 않기 때문일까.

강대만 이사가 당황한 표정을 지었다.

"나중에 기회 되면 소주 한잔하시죠."

그 말을 끝으로 서태호가 일어섰다. 그리고 이사실을 빠져나온 서태호가 공장으로 돌아오자 김진혁 대리가 다가왔다.

"과장님, 아니죠?"

"맞아."

"네?"

"이제 회사에 그만 나오라고 하네."

서태호가 덧붙이자, 김진혁의 눈시울이 붉어졌다.

"이런 법이 어딨습니까? 이건… 이건… 아니잖아요."

소매로 눈물을 닦으며 김진혁이 언성을 높였다.

"정리 해고 통보는 내가 받았는데 왜 김 대리가 우는 거야?"

"너무 분하고 억울해서……."

"울지 마. 살다 보면 생길 수 있는 일이니까."

"하지만……."

"괜찮아. 나, 진짜 괜찮아."

울고 있는 김진혁 대리의 어깨를 두드려 준 후 서태호가 주변을 둘러보았다.

젊음을 바쳤던 공장 내부에 멈춰 서 있는 공장 기계들을 향해 서태호가 손을 뻗었다.

작동을 멈춘 시간이 길어서일까.

익숙한 열기 대신 냉기가 느껴졌다.

그 냉기가 말하는 것 같았다.

좋았던 우리의 시간은 끝났다고,

"김 대리, 인수인계는 필요 없겠지?"

"네? 네. 그런데… 정말 괜찮으십니까?"

김진혁 대리가 등 뒤로 던진 질문에 서태호가 고개를 돌리지 않고 손을 들며 대답했다.

"진짜 괜찮다니까."

*   *   *

"선생님, 괜찮으세요?"

"……"

"어디 아프신 것 아니에요?"

작고 부드러운 손이 이마에 닿고 나서야 상념에서 깨어났다.

그제야 채수빈이 짓고 있는 걱정스러운 표정이 눈에 들어왔다.

"열은 없는 것 같은데."

"괜찮아."

"정말 괜찮으신 거죠?"

"그래, 정말 괜찮아."

첫사랑을 떠나보낸 아픔이 없다면 거짓말이었다.

그렇지만 앓아누울 정도의 아픔은 아니었다.

"선생님, 아프면 안 돼요. 선생님이 아프면 너무 많이 슬플 것 같거든요."

게다가 채수빈이 이렇게 옆에서 걱정해 주니 위로가 됐다.

"걱정하지 마. 진짜 안 아프니까. 이제 그만 내려……."

지이잉, 지이잉.

과외 수업이 끝났으니 함께 내려가서 저녁 식사를 하자고 제안하려다가 내가 도중에 입을 다물었다.

전화가 걸려 왔기 때문이었다.

"전화 좀 받을게."

채수빈에게 양해를 구한 내가 방문을 열고 밖으로 나왔다.

―진우야, 애비다.

"네, 아버지."

―같이 소주 한잔해도 될까?

"무슨 일 있으셨어요?"

―별일 아냐.

"그러지 말고 말씀해 보세요."

―회사에서… 이제 그만 나오라고 하는구나.

휴대 전화를 움켜쥐고 있던 내 손에 힘이 들어갔다.

"지금 어디세요?"

—아직 회사야. 이제 퇴근하려고 한다.

"그럼 집 근처 삼겹살집에서 뵐까요?"

—그래.

"이따 뵐게요."

—알았다.

아버지와 통화를 마치고 1층으로 내려갔다.

"서 선생님, 고생 많으셨어요."

양미향은 언제나처럼 상다리가 부러질 정도로 음식을 준비하고 날 반겼다.

"어서 와. 혼자 마시기 적적했으니까."

채동욱도 위스키를 준비한 채 내가 내려오길 기다리고 있었고.

"죄송하지만, 오늘은 먼저 가 봐야겠습니다."

그래서 난 두 사람에게 양해를 구했다.

"왜? 무슨 일 있나?"

"집에 일이 좀 생겨서요."

"그럼 어쩔 수 없지. 어서 가 보게."

"죄송합니다."

"잠시만 기다리게. 기사에게 연락할 테니 타고 가."

"괜찮습니다."

"아니, 내 마음이 편치 않아서 그래. 시키는 대로 해."

내 표정이 심상치 않다는 사실을 간파한 채동욱은 기어이

기사에게 연락했다.

"감사합니다."

기사가 운전하는 차량을 타고 집 근처 삼겹살집에 도착하자, 혼자 소주를 마시고 계시는 아버지의 모습이 보였다.

서둘러 가게 안으로 들어서자, 아버지가 손을 들었다.

"아들, 빨리 왔구나."

무슨 말부터 해야 할까?

잠시 고민하던 내가 아버지의 앞으로 다가가서 고개를 숙이며 입을 뗐다.

"그동안 고생 많으셨습니다."

*   *   *

'김이 빠지는군.'

딸의 과외를 마친 서진우와 함께 반주를 하며 이런저런 대화를 나누는 것.

채동욱에게는 커다란 즐거움 중 하나였다.

그런데 서진우가 집에 일이 있다는 이유로 먼저 떠나고 나자, 짙은 아쉬움이 깃들었다.

식사 자리도 적적한 느낌이었고.

"아빠, 선생님 대신 제가 한 잔 따라 드릴게요."

서진우의 빈자리를 채우기 위함인 듯 채수빈이 술을 따라 주겠다고 자원했다.

"좋지. 어디 우리 딸이 따라 주는 술을 한번 마셔 볼까?"

졸졸졸.

위스키 잔을 채운 후 채수빈이 조심스럽게 물었다.

"아빠, 아까 선생님이 통화하는 것을 들었는데… 목소리가 되게 심각했어요. 혹시 무슨 일 때문인지 아세요?"

"아빠도 모른다."

"그래요?"

"그리고 이런 일은 알려고 하는 게 아냐. 서 선생이 먼저 말하기 전에는 묻지 않는 게 맞는 거야."

채동욱이 거짓말을 한 후 미안한 표정을 지었다.

'결국… 해고됐군.'

단순한 딸의 과외 선생이었다면?

채동욱은 따로 조사를 하지 않았으리라.

그렇지만 서진우는 단순한 딸의 과외 선생이 아니었다.

무척 특별한 과외 선생이었고, 또 특별한 인재라고 판단을 내렸기에 채동욱은 서진우에 대한 조사를 이미 마친 후였다.

그래서 서진우의 부친인 서태호가 삼환공업이란 중소기업에서 근무한다는 사실도, 삼환공업이 경영난에 처하면서 그가 정리 해고 명단에 곧 포함될 거란 사실도 알고 있었다. 그리고 채동욱의 짐작이 틀리지 않다면… 서태호는 결국 오늘 정리 해고 통보를 받은 것이리라.

'서 선생이라면… 잘 준비했을 거야.'

하지만 채동욱은 걱정하지 않았다.

선견지명이 있는 서진우가 이런 상황을 예측하지 못했을 리 없을 터.

이미 만반의 대비를 해 뒀을 거란 생각이 들어서였다.

'하긴 월 천만 원의 과외비만 해도 절대 적은 돈이 아니지.'

삼환공업에서 근무하던 서진우의 아버지인 서태호의 월급은 이백만 원이 조금 넘는 수준이었다.

그런데 서진우는 월 천만 원의 과외비를 받고 있었다.

그러니 서태호가 실직했다고 하더라도, 집안의 생계를 꾸려 나가는 데는 아무런 문제도 없었다.

게다가 서진우는 과외만 하는 게 아니었다.

아주 실력이 뛰어난 영화 제작자이자 투자자였다.

당장 얼마 전에도 'IMF' 공동 제작자로서 수익금 6억을 자신에게서 받아 가지 않았던가.

'부럽군!'

문득 서진우라는 든든한 아들을 둔 서태호가 부럽다는 생각이 들었다. 그리고 위스키가 담긴 잔을 입으로 가져가던 채동욱이 양미향과 채수빈을 바라보았다.

'만약 내게 무슨 일이 생기면?'

양미향과 채수빈의 인생이 금세 망가질 거란 우려가 들어서 한숨을 내쉰 채동욱이 곧 두 눈을 빛냈다.

'부러워만 할 필요가 있나?'

사위도 자식이란 말이 있었다.

비록 양미향과의 사이에 아들을 낳지는 못했지만, 아들을 만들 방법이 있다는 생각이 퍼뜩 떠올랐다.

바로 서진우를 사위로 맞는 것이었다.

'가장 중요한 것은 수빈이의 의사이지.'

서진우를 사위로 맞고 싶다는 욕심이 생겼지만, 채동욱은 서두르지 않았다.

우선 채수빈의 의사를 확인하는 것이 먼저라고 판단한 채동욱이 입을 뗐다.

"수빈아, 서 선생이 좋으냐?"

"네? 네."

예상치 못했던 질문에 채수빈이 뺨을 붉히면서 대답했다.

"당신은 어때?"

"네?"

"서 선생이 마음에 드냐고?"

"집안이 조금 기울고 있는 것 같은데… 당신이 도와주면 괜찮지 않을까? 이런 생각을 하고 있던 참이었어요."

'사윗감으로 마음에 든다는 뜻이군.'

잠시 후 채동욱이 쓴웃음을 머금은 채 대답했다.

"나도 서 선생이 마음에 들어."

"그래요?"

양미향이 반색했지만, 중요한 것은 양미향의 의사가 아니
었다.

"수빈아."

"네, 아빠."

"일단 대학을 졸업해."

"……?"

"그때까지도 네 마음이 변하지 않는다면 아빠도 허락하마."

"정말이세요?"

무척 기뻐하는 채수빈을 바라보던 채동욱이 위스키 잔을
들어서 입으로 가져가며 속으로 생각했다.

'이제 남은 문제는 서 선생이 수빈이를 마음에 들어 하는가
여부로구만.'

*　　　　　*　　　　　*

"한 잔 받으세요."

"그래."

소주병을 들어서 아버지의 잔을 채우며 내가 말했다.

"위로주가 아니라 축하주입니다."

"축하주?"

"새로운 시작을 앞두고 있으니까요."

"진우, 네 덕분이다."

"뭐가요?"

"네가 곁에 있어서 무척 든든하단 뜻이다."

채앵.

'다행이다.'

술잔을 부딪치며 내가 속으로 안도했다.

회사에서 정리 해고 통보를 받았음에도 아버지의 표정이 그리 어둡지 않아서였다.

"난 괜찮다. 그런데 네 엄마와 누나가 걱정이구나."

"알리실 생각이세요?"

"당연히 알려야지. 부부간에는 비밀이 있으면 안 된다는 게 내 신조거든."

"네."

"네 엄마가 많이 놀랄 게다."

"제 이야기를 하셔도 됩니다."

가족 중에서 현재 내 상황에 대해서 가장 많이 알고 있는 것이 아버지다.

물론 아버지가 알고 계신 것도 빙산의 일각에 불과하지만.

어쨌든 내가 과외비로 월 천만 원을 벌고 있다는 사실만 알려도 어머니가 받을 충격이 줄어들 거라고 판단해서 말했지만, 아버지는 고개를 가로저었다.

"네 이야기는 준비가 끝나고 하자꾸나."

"준비… 요?"

"출판사 말이다."

'지금 첫사랑 타령 하고 있을 때가 아니었구나.'

아버지의 이야기를 듣는 순간, 정신이 번쩍 들었다.

"알겠습니다. 최대한 빨리 준비하겠습니다."

"너무 서두를 필요는……."

"엄마가 맘고생을 하면서 걱정하실 테니까요"

"……?"

"아버지가 출판사 대표로 제2의 인생을 시작하시면, 엄마도 무척 기뻐할 겁니다."

"알았다."

더 말하지 않고 아버지가 소주병을 들었다.

"한 잔 더 하자꾸나."

"네."

술잔을 채우고 비우기를 반복하는 사이 점점 밤이 깊어갔다. 그리고 난 아버지의 눈가에 맺힌 물기를 보았다.

일부러 모른 척 외면하기 위해서 고개를 돌린 순간, 아버지가 말했다.

"애비가 부족해서 미안하다."

"아니요, 아버지는 지금까지 최선을 다하셨습니다."

스윽.

내가 아버지의 손을 잡으며 덧붙였다.

"그리고 충분히 자랑스러운 아버지셨습니다."

*　　　　*　　　　*

백주민에게서 연락이 온 것은 크리스마스이브였다.

"이건 좀 아닌 것 같은데."

크리스마스이브에 남자 둘이서 저녁을 먹는 것.

분명히 회귀한 내가 꿈꾸던 그림은 아니었다.

약속 장소는 한강이 한눈에 내려다보이는 이탈리안 레스토랑.

화려한 서울의 야경을 보고 있자니 이상하게 더욱 기분이 우울해졌다.

'예약하기도 어려웠을 텐데.'

오늘은 무려 크리스마스이브였다.

이렇게 서울의 야경이 내려다보이는 분위기 좋은 레스토랑의 창가 쪽 탁자를 예약하는 것은 결코 쉬운 일이 아니었을 게 자명했다.

그래서일까.

대부분이 커플, 혹은 부부인 손님들은 남자 둘이서 앉아 있는 우리 테이블을 신기한 듯 힐끔거렸다.

"백주민 씨, 이 레스토랑 예약이 어렵지 않았습니까?"

"미리 예약했습니다. 여기 야경이 죽이거든요."

'남자 둘이서 저녁을 먹는데 대체 야경이 왜 중요한 거지?'

백주민은 당연하다는 듯이 대답했지만, 난 여전히 이해가 가지 않았다. 그래서 언짢은 표정으로 물었다.

"굳이 오늘 만날 이유가 있었습니까?"

하고많은 날들 가운데 왜 하필 크리스마스이브에 만나자고 했는가를 타박하듯 따져 물었을 때였다.

"꼭 오늘, 그리고 여기서 서진우 씨를 만나자고 청한 이유가 있었습니다."

백주민이 대답했다.

"어떤 이유입니까?"

"여기서 헤어졌습니다."

"……."

"사랑하는 여자가 있었습니다. 크리스마스이브 날, 이 레스토랑에서 식사를 하기 위해서 만났는데… 그만 헤어지자고 하더군요."

"혹시… 이 테이블에 앉았던 겁니까?"

"네."

'야경이 중요했던 게 아니라… 자리가 중요했었네.'

비로소 백주민이 크리스마스이브에 이 레스토랑에서 만나서 식사를 하자고 고집했던 이유를 알게 된 순간이었다.

"저와 함께하는 미래가 그려지지 않는다고 말했습니다. 그럴싸한 표현이었지만, 한마디로 능력 없는 남자인 날 계속 만나기 싫다는 뜻이었죠."

백주민이 옛날이야기를 꺼내기 시작했다.

'크리스마스이브에 여기서 이런 우울한 이야기를 듣게 될 줄이야.'

분명 크리스마스이브에 어울리는 이야기는 아니었다.

또, 우울한 이야기를 듣기에 어울리는 장소도 아니었다.

'이런 이야기는 포장마차에서 소주를 마시면서 들어야 하는 거 아닌가?'

이런 내 속내는 알아채지 못하고 그사이에도 백주민의 이야기는 이어졌다.

"애원했습니다. 내가 능력 있는 남자가 되겠다는 각오를 밝히며 제발 한 번만 더 기회를 달라고 부탁했지만, 한번 마음이 돌아서 버린 여자는 냉정하더군요. 그래서 결국 그녀와 헤어지고 난 후 부자가 되기로 결심했습니다. 그 후로 정말 열심히 노력했습니다. 그런데… 끝내 성공하지 못했죠."

'하나가 빠졌네.'

백주민의 우울한 이야기가 끝나고 난 후, 난 아주 중요한 부분이 빠졌다는 것을 놓치지 않았다.

바로 그가 회귀를 했다는 것이었다.

'하긴 회귀를 했다는 사실을 밝히기는 어려울 테니까.'

내가 이해했을 때, 백주민이 다시 입을 뗐다.

"보란 듯이 성공해서 크리스마스이브에 다시 사랑하는 사람과 이 레스토랑을 찾아오겠다. 이렇게 결심했었습니다."

'이번에도 실패했네.'

내가 속으로 생각했다.

지금 백주민과 마주 앉아 있는 것.

사랑하는 사람이 아니라 나였으니까.

하지만 백주민의 표정은 어둡지 않았다.

"그리고 이번엔 그 결심대로 됐습니다."

그리고 백주민은 담담한 목소리로 말을 더했다.

'뭐래?'

하지만 난 담담할 수 없었다.

'지금… 날 사랑한다는 건가?'

내가 백주민에 대해서 알고 있는 것.

결코 많다고 할 수 없었다.

그가 희귀한 투자자라는 것은 확실히 알지만, 그 외에는 아는 게 별로 없었으니까.

굳이 표현을 하자면 서로를 알아 가는 과정이었다.

당연히 그의 성적 취향까지는 알지 못했다.

'설마… 그쪽인 건가?'

한 방향으로 치달아가던 내 상상에 제동이 걸린 것은 아까 백주민이 사랑하던 여자와 크리스마스이브에 헤어졌다고 고백했던 것을 떠올렸기 때문이었다.

"왜 그러십니까?"

내 표정이 심상치 않다는 사실을 알아챈 백주민이 의아한 표정으로 물었다.

"잠시 이상한 상상을 했습니다."

"이상한 상상이라면?"

"백주민 씨가 혹시 저를 좋아하는 게 아닐까 하는 말도 안 되는 상상을 잠시 했습니다."

"맞습니다."

"……?"

"말도 안 되는 상상이 아닙니다. 저는 서진우 씨를 좋아합니다."

내 앞에는 비싼 스테이크가 놓여 있었다.

그렇지만 직접적인 데다가 무척 당혹스러운 고백을 듣고 난 후, 입맛이 싹 사라졌을 때였다.

"아, 오해하셨나 보네요."

"오해요?"

"저는 서진우 씨를 이성이 아니라 사람으로서 좋아합니다."

'우리 동성이거든요.'

내가 속으로 외쳤을 때, 백주민이 덧붙였다.

"서진우 씨는 제게 어떤 조건도 없이 재기할 수 있는 기회를 주셨으니까요."

'내가 우려했던 최악의 상황은 아니구나.'

내가 일단 안도했을 때, 백주민이 다시 입을 열었다.

"그리고 제가 크리스마스이브에 서진우 씨를 만나야 한다고 고집을 피운 데는 한 가지 이유가 더 있습니다. 크리스마스 선물을 드리고 싶어서입니다."

"선물이요?"

"네."

"어떤 선물입니까?"

"그사이 투자를 해서 돈을 좀 벌었습니다."

"……?"

"능력 있는 남자가 되겠다는 각오를 지킨 셈이죠."

백주민이 노트북을 꺼냈다. 그리고 SB컴퍼니의 계좌를 열었다.

빙글.

"직접 확인해 보시죠."

노트북을 내게 돌리며 그가 덧붙였다.

"크리스마스를 맞이해 드리는 서프라이즈 선물입니다."

*   *   *

'자릿수가 몇 개야?'

화면에 찍혀 있는 잔고 금액의 자릿수를 세던 내가 이내 두 눈을 부릅떴다.

"크리스마스를 맞이해 드리는 서프라이즈 선물입니다."

아까 백주민이 했던 이야기대로였다.

계좌의 잔고 금액은 내게 놀람과 충격을 안기기에 충분했다.

'자릿수가… 오히려 줄었잖아!'

내가 백주민에게 출자한 자본금은 6억.

그러니 자릿수가 아홉 자리였다.

그런데 지금 내가 바라보고 있는 SB컴퍼니 계좌 잔고 금액의 자릿수는 여덟 자리로 줄어들어 있었다.

자릿수가 줄어들었으니까 엄청난 투자 손실을 본 상황.

"이 정도로는 만족이 안 되십니까?"

그때, 내 표정을 유심히 살피던 백주민이 질문했다.

'지금 장난하는 건가?'

내가 황당한 표정을 지은 채 물었다.

"손해를 본 것 아닙니까?"

—20,011,396.

'혹시 내가 착각한 게 아닐까?'

이런 생각이 들어서 다시 한번 두 눈을 크게 뜨고 세어봐도 잔고 자릿수는 여전히 여덟 자리였다.

그래서 내가 묻자, 백주민이 웃으며 말했다.

"아! 이번에도 오해하고 계시네요."

"내가 또 뭘 오해하고 있다는 뜻입니까?"

"단위 말입니다."

백주민이 덧붙였다.

"단위가 원이 아니라 달러입니다."

*   *   *

백주민은 회귀한 금융 투자자다.

그가 알고 있는 미래와 다른 상황이 전개되었고, 계란은 한 바구니에 담지 말라는 금융계의 격언을 무시했던 탓에 회귀자임에도 한 차례 투자에 실패했다.

그렇지만 백주민은 엄연한 회귀자.

난 그의 능력을 믿었다.

그래서 6억이라는 거액을 과감하게 투자했던 것이었고.

'이게⋯ 대체 얼마야?'

−20,011,396.

노트북 화면에 적혀 있는 SB컴퍼니 계좌 잔고의 단위가 원이 아니라 달러라는 사실을 듣고 난 후, 내 머릿속이 일순 형클어졌다.

'지금 환율이 얼마지?'

난 금융 투자자가 아니다.

또 외국에서 유학을 하거나, 현재 유학을 가 있는 가족도 없었다.

그래서 환율에는 민감하지 않았다.

그렇지만 얼마 전 신문에서 달러당 원화 환율이 800원대에 진입했다는 기사를 봤던 기억이 났다.

'대충 원화 환율을 달러당 800원으로 잡으면… 160억?'

내가 백주민을 믿고 투자한 금액은 6억.

그런데 그사이에 백주민은 무려 서른 배 가까이 돈을 불려 온 것이었다.

그리고 아직 끝이 아니었다.

'1997년에는 원화 환율이 더 올라가.'

1997년이 시작되자마자 원화 환율이 달러당 천 원을 돌파했다고 언론에서 호들갑을 떨던 것을 난 분명히 기억하고 있었다.

'곧 200억이 되는 거구나.'

아까도 밝혔지만, 난 회귀자 백주민의 능력을 신뢰했다.

그렇지만 단시간에 이 정도로 엄청난 수익을 거둘 것이라고는 예상치 못했다.

그로 인해 당혹스러운 표정을 지은 채 내가 물었다.

"이게 대체 어떻게 된 일입니까?"

"선물과 옵션에 투자했습니다. 아, 미리 말씀드리지만 지난번과 똑같은 실수를 반복하지 않기 위해서 계란을 한 바구니에 담지는 않았습니다. 총 다섯 개의 기업에 분산 투자 했는데 운이 좋아서 큰 수익을 거뒀습니다."

'운이 좋아서 이 정도 수익을 거둘 수 있으면 세상에 부자 아닌 주식 투자자가 없겠지.'

백주민이 투자를 해서 큰 수익을 거둔 것.

그의 말처럼 운이 좋아서가 아니었다.

회귀자라서 남들은 알지 못하는 고급 정보를 알고 있었던 덕분이었다.

Chapter 5

'아닌가? 운이 좋았던 걸 수도 있겠네.'

회귀자임에도 불구하고 백주민은 첫 번째 투자에 실패했다.

계란을 한 바구니에 담지 말라는 격언을 무시했던 것이 투자 실패의 원인이라고 백주민은 진단했다.

하지만 투자 실패의 진짜 이유는 미래가 바뀌었기 때문이다.

백주민의 기억대로라면 부도가 나지 말았어야 할 라망건설이 사우디아라비아 국영 건설 사업 수주에 실패하면서 부도가 났기 때문에 사채까지 끌어 쓰면서 영끌 투자를 했던 그가 쏠딱 망했던 것이었다.

그리고 세상에 그냥 벌어지는 일은 없었다.

부도가 나지 않았어야 할 라망건설이 부도가 나도록 미래가 바뀐 것.

누군가의 개입이 있어서였다.

아직까지는 정체를 파악할 수 없는 변종 회귀자로 추정되는 누군가.

그리고 이번에 백주민이 투자에 성공한 것은 그가 기억하고 있는 미래가 바뀌지 않은 덕분이었다.

다시 말해 정체불명인 누군가가 개입하지 않았다는 뜻.

그로 인해 안도하며 내가 물었다.

"이제… 어떻게 할까요?"

"서진우 씨는 어떻게 했으면 좋겠습니까?"

"SB컴퍼니의 대표는 백주민 씨입니다."

"하지만 지분의 80%를 보유한 것은 부대표님이시죠."

대표니 부대표니 하는 직함이 중요한 것이 아니다.

SB컴퍼니의 지분을 내가 더 많이 갖고 있다는 점이 중요하다는 사실을 백주민은 웃으며 알려주었다.

"저는… 분산 투자를 했으면 합니다."

잠시 고민한 후 내가 의견을 제시했다.

'내 예상보다 수익률이 훨씬 더 높았어.'

백주민은 6억을 종잣돈으로 투자를 시작했다.

그런 그에게 내가 바랐던 최상의 결과는 채동욱의 도움 없이 'Now&New'의 투자금을 만들 수 있을 정도의 수익이었다.

내심 생각하고 있던 'Now&New'의 투자금은 50억.

그런데 백주민은 최상의 결과를 훨씬 웃도는 투자 수익을 냈다.

덕분에 'Now&New'에 투자하고도 한참 여유 자금이 남았다.

"부대표님이 투자하시려는 회사가 있습니까?"

본격적으로 사업 얘기가 시작되자, 백주민은 호칭을 '서진우 씨'에서 '부대표'로 바꾸었다.

"투자 배급사 'Now&New'에 투자하려고 합니다."

내가 계획을 밝히자, 백주민이 자세를 고쳐 앉았다.

"투자 배급사라고 했습니까?"

"네."

'그리 내켜 하지 않을 수도 있어.'

회귀한 금융 투자자인 백주민의 입장에서는 쉽게 큰돈을 벌 수 있는 미래 지식을 갖고 있었다.

그런 그의 입장에서는 영화의 투자와 배급을 맡는 투자 배급사에 투자를 하는 것을 내켜 하지 않을 수도 있다는 생각이 들었다.

'그럼 어떻게 해야 하지? 이 돈을 전에 말했던 대로 8:2로 나누고 이쯤에서 갈라서야 하나?'

내 생각이 거기까지 미쳤을 때였다.

"부대표님!"

백주민이 날 불렀다.

"말씀하시죠."

"제가 영화 쪽은 잘 모릅니다. 그래서 죄송한 말씀이지만, Now&New라는 회사에 대해서 잘 모릅니다."

백주민은 미안한 표정으로 말했다.

그렇지만 그는 내게 미안해할 필요가 전혀 없었다.

회귀자라고 해서 모든 분야를 잘 아는 것은 아니었으니까.

당장 나만 해도 백주민의 전문 분야인 금융과 투자에 대해서 잘 몰랐다.

그러니 그가 Now&New라는 투자 배급사에 대해서 알지 못하는 것은 당연한 일이다.

게다가 Now&New는 설립조차 되지 않은 투자 배급사였으니까.

"혹시 Now&New에서 투자해서 개봉한 영화가 있습니까?"

"아직 없습니다. Now&New는 아직 설립조차 안 된 투배사거든요."

"……?"

"제가 투자자로 참여해서 새로 세우려는 투배사입니다."

"아, 그렇군요."

비로소 말뜻을 이해한 백주민이 고개를 끄덕일 때, 내가 덧붙였다.

"어떤 영화가 흥행에 성공할지는 신도 모른다는 이야기가 있습니다. 그만큼 투자에 리스크가 크다는 뜻이죠. 그러니 백주민 씨가 내키지 않는다면……."

"믿습니다."

"네?"

"부대표님을 믿는다는 뜻입니다."

"왜 저를 믿는 겁니까?"

"'텔 미 에브리씽'과 'IMF', 두 작품의 흥행 성공으로 이미 탁월한 안목과 능력을 입증하셨으니까요."

"하지만……."

"설령 투자에 실패하게 되더라도 괜찮습니다. 이 돈을 모을 수 있었던 것이 애초에 부대표님 덕분이니 다 잃어버리더라도 상관없습니다."

'진심이다!'

백주민의 말에 진심이 담겨 있다는 사실을 알아챈 내가 살짝 감동했을 때였다.

"그리고 돈은 다시 벌면 되니까요."

그가 한마디를 덧붙였다.

'근자감이 아니다!'

회귀자로서 더 이상 투자에 실패하지 않고 계속 성공을 이어 나갈 수 있다는 자신감이 있기에 백주민은 이런 말을 할 수 있는 것이었다.

그 자신감이 보기 좋았다.

하지만 한편으로는 불안했기에 내가 조심스럽게 물었다.

"앞으로도 저와 계속 함께 일을 하실 생각이십니까?"

"물론입니다."

잠시의 망설임도 없이 백주민에게서 대답이 돌아온 순간, 내가 다시 입을 뗐다.

"투자 방향과 투자 방식에 대해서는 전적으로 백주민 씨에게 일임하겠습니다. SB컴퍼니의 대표는 백주민 씨이니까요."

"믿어주셔서 감사합니다. 부대표님의 믿음에 보답할 수 있도록 최선을 다하겠습니다. 그리고 저도 마찬가지입니다."

"무슨 뜻입니까?"

"부대표님의 투자 방향이나 투자 방식에 대해서 전적으로 신뢰한다는 뜻입니다."

"아까도 말씀드렸듯이 영화 쪽은 투자에 대한 리스크가 큰 편입니다."

"아까 말씀드렸듯이 상관없습니다. 설령 실패하더라도 돈은 다시 벌면 되니까요."

백주민이 환하게 웃으며 말했다.

그 환한 웃음을 마주한 순간 내가 머릿속으로 퍼뜩 떠올린 것은 '황금알을 낳는 거위'라는 동화였다.

"서 대표는 꼭 황금알을 낳는 거위처럼 느껴진다니까."

홍행이 어려울 것이라 예상했던 저예산 영화 'IMF'가 역주행에 성공하며 기적적으로 홍행에 성공한 후, 이현주가 술자리에서 내게 건넸던 말이었다.

그리고 내 입장에서는 지금 마주 앉아 있는 백주민이 마치 황금알을 낳는 거위처럼 느껴졌다.

'백주민이 회귀자라고 해서 꼭 경계하며 밀어낼 이유는 없어.'

내가 물컵을 들어 물을 마시며 속으로 생각했다.

비록 지난 생에 주식 투자와는 거리가 먼 삶을 살았지만, 미래 가치가 엄청난 세계적인 기업들의 이름 정도는 알고 있었다.

다만 정확히 어느 시점에 상장을 하고 가치가 본격적으로 상승하는가 여부를 모를 뿐.

그런 지식들을 그냥 흘려보내는 것.

무척 아쉽다는 생각을 갖고 있었는데.

백주민과 함께라면 상황이 달라진다.

회귀한 금융 투자자인 백주민은 나와 달리 세계적인 기업들에 대한 정보를 정확하게 꿰뚫고 있었다.

그러니 그 기업들에 투자해서 커다란 수익을 올릴 수 있었다.

'함께… 가도 되지 않을까?'

회귀자라고 해서 꼭 경계하고 멀리할 필요는 없다.

오히려 회귀자와 손을 잡으면 엄청난 시너지 효과를 낼 수도 있다.

이렇게 생각이 바뀐 내가 백주민을 바라보며 말했다.

"한 가지 드릴 말씀이 있습니다."

"편하게 말씀하십시오."

"앞으로 SB컴퍼니는 가능하면 국내 기업보다는 외국 기업 위주로 투자를 했으면 좋겠습니다."

내가 이런 제안을 하는 이유.

라망건설 때문이었다.

부도가 나지 말았어야 할 라망건설이 부도가 났다는 것.

금융과 투자 부문에서 암약하고 있는 또 다른 회귀자의 존재를 의심케 만들기에 충분했다.

그리고 암약하고 있는 회귀자의 존재를 어렴풋하게나마 알고 있으니 위험 요소는 애초에 배제하는 편이 낫다고 판단한 것이었다.

"부대표님과 저는 역시 뜻이 잘 맞는 것 같습니다. 마침 저도 같은 생각을 하고 있었거든요."

백주민이 빙긋 웃으며 대답했다.

'하긴 나보다 더 절실하게 위험을 알아챘을 테니까.'

암약하는 회귀자로 인해서 백주민은 이미 투자 실패를 경험했던 상황.

그 경험을 통해서 위험을 감지했기에 기꺼이 내 의견에 동조했다.

'됐다!'

그 순간, 나는 안도했다.

돈이 인생의 전부는 아니었다.

그렇지만 돈은 인생을 편리하게 만들어준다.

백주민과의 우연인지 필연인지 알 수 없는 극적인 만남 덕분에 내 인생도 이전에 비해 편리해졌다.

자금에 대한 걱정 없이 투자를 할 수 있는 여건이 마련됐기 때문이었다.

'이제 더 고민하며 망설일 필요가 없어졌다!'

마음이 편해진 순간, 다시 입맛이 돌아왔다.

슥. 스윽.

적당한 크기로 잘라 입안에 넣은 스테이크는 아주 맛있었다.

　　　　　＊　　　　　＊　　　　　＊

"또… 떨어졌네."

황만규가 한숨을 푹 내쉬었다.

단행본 만화 전문 출판사인 라인북스에서 편집 팀장으로 일하던 황만규는 약 반년 전 백수가 됐다.

라인북스가 경영난을 이기지 못하고 부도가 났기 때문이었다.

'금방 새 직장을 구할 수 있을 거야.'

그동안 출판 분야에서 오랫동안 근무하면서 경력이 쌓였으니 곧 새 직장을 구할 수 있을 거라고 황만규는 판단했다.

그렇지만 오판에 불과했다.

경기 하락의 여파는 출판사에도 영향을 미쳤다.

먹고사는 데 어려움을 겪기 시작한 국민들은 지갑을 닫았고, 그로 인해 출판업계는 직격탄을 맞았다.

영세 출판사들이 줄도산 하는 상황.

원래 있던 직원들도 자르는 판국에 신규 직원, 그것도 경력직 직원을 채용하는 출판사는 없었다.

목구멍이 포도청이란 말이 괜히 있는 것이 아니었다.

그래서 출판사 재취업에 목을 매는 대신, 황만규는 닥치는 대로 원서를 넣기 시작했다.

그럼에도 불구하고 재취업은 여전히 쉽지 않았다.

제약 회사 영업 직원이라도 하기 위해서 원서를 넣었지만, 그마저도 서류 심사에서 탈락하여 황만규는 절망했다.

후우.

긴 한숨을 내쉰 황만규가 쓰디쓴 소주를 억지로 삼켰을 때였다.

"벌써 시작했어?"

포장마차의 휘장을 걷고 이윤석이 들어섰다.

"왜 이렇게 늦었어?"

"미안해, 마감하기로 한 작가가 일정을 못 맞추는 바람에 좀 늦었어."

이윤석은 만화 단행본 전문 출판사인 파워챔프 코믹스의 편집 팀장으로 근무하고 있었다. 그리고 라인북스에서 편집 팀장으로 오랫동안 일했던 황만규는 마감을 지키지 못하는 작가들의 습성에 대해서 잘 알고 있기에 더 탓하는 대신 이윤석에게 자리를 권했다.

"어서 앉아."

"그래."

쪼르륵.

이윤석의 잔에 소주를 채워주며 황만규가 물었다.

"요즘은 좀 어때?"

"죽을 지경이지."

"한 달 전에도 똑같이 말했어."

"한 달 지나고 나니까 더 죽을 지경이다."

"……?"

"엄살 아냐. 책이 안 팔려."

이윤석이 길게 한숨을 내쉬는 모습을 지켜보던 황만규의 표정이 어두워졌다.

'어렵겠네!'

황만규는 이윤석에게 재취업 자리를 알아봐 달라고 부탁한 상황.

그런데 반응을 보아하니 어렵다고 판단했을 때였다.

"혹시 한미선 작가라고 알아?"

이윤석이 소주잔을 비운 후 불쑥 물었다.

"들어 본 기억이 없는데."

기억을 더듬던 황만규가 한미선이라는 작가의 이름을 떠올리는 것을 포기하자 이윤석이 설명했다.

"우리 쪽에서 '생쥐의 모험'이란 작품을 그려서 출간한 작가인데 모르는 게 당연해. 책이 워낙 안 팔렸거든."

"그런데 갑자기 한미선 작가 이야기를 왜 하는 거야?"

"얼마 전에 전화를 걸어와서 이상한 소리를 하더라고."

"이상한 소리라니?"

"새로 런칭하는 만화 전문 출판사와 계약을 할 것 같다고 하면서 혹시 경력직 직원 중에 추천할 만한 분이 있느냐고 물었어."

귀가 번쩍 뜨이는 느낌을 받은 황만규가 서둘러 물었다.

"어떤 출판사인데?"

"출판사 이름이 서가북스라고 했던 것 같은데."

"서가북스? 채용 공고는 못 본 것 같은데?"

"따로 채용 공고는 안 올린 것 같아. 알음알음으로 직원을 채용하려는 것 같은데… 사기꾼 아닐까 하는 걱정이 좀 들더라고."

이윤석의 이야기를 들은 황만규가 팔짱을 꼈다.

원래 있던 만화 관련 출판사들도 줄도산 하거나 경영난을 이유로 직원들을 해고하고 있는 상황.

이런 시국에 새로 출판사를 런칭하는 것이 분명 이상하긴 했다.

게다가 채용 공고도 올리지 않고 알음알음하는 방식으로 직원을 채용한다는 것이 사기를 의심케 만들기는 했다.

하지만 지금 황만규가 처해 있는 상황이 너무 급했다.

일단 알아볼 필요가 있다고 판단한 황만규가 다시 물었다.

"아까 한미선 작가라고 했지?"

"그래."

"그 작가 연락처 좀 알려줘."

"서가북스에 지원해 보려고?"

걱정스러운 표정으로 묻는 이윤석에게 황만석이 고개를 끄덕이며 대답했다.

"일단 면접 보고, 사기다 싶으면 포기하면 되니까."

*   *   *

논현동에 위치한 명운 빌딩.

공실로 비어 있던 빌딩 2층을 통째로 빌릴 수 있었던 것은 백주민 덕분이었다.

"확실히 돈이 많으니까 편하긴 하네."

만약 백주민을 만나지 못했다면?

이렇게 빨리 사무실을 구할 엄두를 내지 못했으리라.

또 조금이라도 임대료가 싼 사무실을 구하기 위해서 여러 군데 발품을 팔았으리라.

하지만 가용할 수 있는 자금이 백오십억 가까이 있다고 생각하니, 마음이 든든했다.

그래서 발품을 파는 대신 임대료가 주변 시세에 비해 조금 비싼 편이지만, 신축 건물이라 깔끔한 데다가 통째로 비어 있던 명운 빌딩의 이 층을 통째로 임대하기로 결정을 내린 것이었다.

"오실 때가 됐는데."

1층 로비에서 기다리고 있던 내 눈에 주차를 마치고 현관문을 열고 로비로 들어서는 아버지의 모습이 보였다.

'좀 낯설긴 하구나.'

'삼환공업'이란 로고가 박혀 있던 허름한 회색 작업복 대신 검정색 양복을 입고 넥타이까지 맨 아버지의 모습이 낯설게 느껴졌다.

"오셨어요?"

"그래, 좀 어색하지?"

아버지도 양복 입은 당신 모습이 어색한 듯 멋쩍은 표정을 짓고 있었다.

"잘 어울리시는데요."

"그래?"

"진짜 대표님 같습니다."

"대표는 무슨."

서가북스 대표 이사.

삼환공업을 퇴사한 아버지의 새 직함이었다.

그리고 출판사 사명을 서가북스로 정한 것은 아버지의 뜻이었다.

내가 원한 출판사 사명은 태호북스.

하지만 아버지는 내 이름을 넣어서 진우북스라고 사명을 짓고 싶어 하셨다.

그래서 논의 끝에 정한 사명이 바로 서가북스였다.

"일단 사무실부터 살펴보시죠."

"그래."

평생 남의 밑에서 일하셨던 아버지였다.

그래서 아버지가 대표를 맡게 될 출판사 사무실을 보러 가기 전에 긴장한 기색이 역력했다.

계단을 통해 이 층으로 올라간 후, 복도를 따라 걸음을 옮기던 내가 가장 안쪽 사무실 앞에서 멈춰 섰다.

―서가북스.

목재로 만든 간판을 물끄러미 바라보던 아버지가 내게 물었다.

"안에 들어가 봐도 되냐?"

"아버지 회사에 아버지가 들어가시겠다는데 누가 말리겠습니까?"

"그래. 한번 들어가 보자꾸나."

끼이익.

문을 열고 사무실 안으로 들어섰던 아버지는 이내 멈칫하며 걸음을 멈췄다.

"진우야."

"네."

"왜 이렇게 사무실이 넓어? 이 정도면 임대료가 아주 많이 나올 텐데."

"임대료 걱정하지 않을 정도로 돈을 많이 벌면 됩니다."

"그래도 이건……."

"그리고 이제부터 새로 직원들을 충원해서 함께 사용하려면 사무실 크기가 이 정도는 되어야 합니다."

넓은 사무실을 둘러보느라 여념이 없는 아버지에게 내가 제안했다.

"이제 대표실로 가시죠."

"대표… 실?"

"대표님이 직원들과 함께 사무실을 쓸 수는 없는 노릇 아닙니까?"

내가 사무실 안쪽에 마련한 대표실의 문을 열었다.

"들어가 보시죠."

"그래."

대표실 안으로 들어선 아버지의 반응은 아까 사무실 안으로 들어섰을 때와 비슷했다.

이내 걸음을 멈춘 후 책상 위에 놓인 명패를 바라보았다.

—대표 이사 서태호.

"이 명패는… 언제 준비한 거냐?"

"제가 드리는 대표 이사 취임 선물입니다. 대기업 회장님들이 사용하는 명패와 같은 재질로 주문했습니다. 그리고 이것도 받으시죠."

내가 안주머니에서 미리 제작한 명함이 가득 담긴 케이스를 건넸다.

"고맙… 다."

서가북스 대표 이사 서태호라고 적혀 있는 명함에서 시선을 떼지 못한 채 아버지가 말씀하셨다.

명패, 그리고 명함까지 확인하고 나자, 비로소 서가북스를 세운 것이 실감이 나는 듯 아버지는 떨리는 목소리로 각오를 밝혔다.

"앞으로 열심히 하마."

"당연히 그러셔야죠. 우리 집안의 미래가 서가북스에 달렸으니까요."

아버지는 퇴직금을 모두 서가북스에 투자했다.

백주민이 올린 투자 성과 덕분에 서가북스를 세우는 과정에 굳이 아버지의 퇴직금은 필요하지 않았다.

그럼에도 불구하고 내가 퇴직금을 아버지에게 돌려 드리지 않은 데는 이유가 있었다.

서가북스가 아버지의 회사라는 주인 의식을 갖게 만들기 위함이었다.

"아버지, 우시면 안 됩니다."

"응?"

"오늘 일정이 빠듯하다는 것 아시죠? 눈이 퉁퉁 부으시면 곤란합니다."

"이렇게 좋은 날, 울긴 왜 울어?"

말씀은 그렇게 하셨지만, 난 아버지가 고개를 돌리며 소매를 들어 눈가를 훔치는 것을 놓치지 않았다.

그때였다.

"계십니까? 아무도 안 계십니까?"

사무실 쪽에서 누군가의 목소리가 들려왔다.

"서가북스 첫 직원 후보가 면접을 보기 위해서 찾아온 것 같습니다."

내가 웃으며 말한 후, 대표실의 문을 열고 나갔다.

*   *   *

서가북스.

목재로 적혀 있는 간판을 확인한 황만규가 제대로 찾아왔다는 사실에 안도하며 크게 심호흡을 했다.

"황만규, 잘하자."

재취업에 계속 실패하고 있는 황만규 입장에서 서가북스 입사는 절실했다.

그래서 다부진 각오를 다진 후, 황만규가 노크했다.

똑똑.

노크를 하고 난 후 한참 시간이 지났지만, 아무 응답이 없었다.

잠시 고민하던 황만규가 사무실 문고리를 잡고 돌렸다. 그리고 문이 열리고 사무실 안을 확인한 황만규가 두 눈을 크게 떴다.

"무슨 출판사가… 이렇게 넓어?"

황만규가 오랫동안 근무했던 라인북스는 업계에서 꽤 규모가 큰 편에 속하는 출판사였다.

직원 수도 서른 명에 가까웠고.

그런데 신생 출판사인 서가북스의 사무실은 라인북스 못지
않게 넓었다.

"이 정도 규모면… 사기는 아니겠구나."

월세가 비싸기로 유명한 논현동에 이 정도로 넓은 사무실
을 임대했다는 것이 서가북스 대표가 재력을 갖추었다는 증
거였다.

그래서 놀란 표정을 짓던 황만규가 고개를 갸웃했다.

"왜 직원이 아무도 없지?"

빈 책상들이 여럿 놓여 있었지만, 일하는 직원은 보이지 않
았다.

그로 인해 의아함을 품었던 황만규가 입을 뗐다.

"계십니까? 아무도 안 계십니까?"

잠시 후, 대표실의 문이 열리고 두 남자가 걸어 나왔다.

"황만규 씨, 맞나요?"

"네? 네, 제가 황만규입니다."

"가운데 탁자에 앉으시죠."

"알겠습니다."

황만규가 탁자에 앉으며 두 남자를 살폈다.

'저분이 대표님이신가?'

검정색 양복을 입고 있는 푸근한 인상의 중년 남자를 바라
보던 황만규가 고개를 돌려 아직 앳된 남자를 바라보았다.

'이 젊은 친구는 누구지?'

청바지에 티셔츠를 입고 있는 젊은 남자의 정체에 대해서 의문을 품었을 때였다.

"대표님, 면접 시작하시죠."

젊은 남자가 제안했다.

"나한테 한 말이냐?"

"네, 아버지가 서가북스의 대표 이사이시니까요."

'아버지?'

대화에 귀를 쫑긋 세우고 있던 황만규가 두 눈을 빛냈다.

아까 예상했던 대로 검정색 양복을 입은 푸근한 인상의 중년 남자는 서가북스의 대표 이사가 맞았다. 그리고 정체를 궁금해하고 있었던 젊은 남자는 서가북스 대표 이사의 아들이었다.

"오늘 면접은… 진우 네게 맡기마."

"그럼 오늘 면접은 제가 진행할까요?"

"그래."

'아들이 실세구나.'

황만규가 재빨리 상황 파악을 마쳤을 때, 대표 이사의 아들이 입을 뗐다.

"서진우라고 합니다. 혹시 '생쥐의 모험'이란 작품을 읽어 보셨습니까?"

"네? 네. 읽어 봤습니다."

황만규가 엉겁결에 대답했을 때, 서진우가 웃으며 말했다.

"다행이네요. 만약 '생쥐의 모험'을 읽어 보지 않고 찾아왔다면 면접에서 광탈 하실 뻔했거든요."

'광탈… 이 뭐지?'

황만규가 처음 들어보는 표현에 당황해서 두 눈을 연신 껌벅이고 있자, 서진우가 설명을 더했다.

"빛과 같은 속도로 바로 면접에서 탈락했을 거란 뜻입니다."

"네? 아, 네."

'다행이다.'

황만규가 속으로 안도의 한숨을 내쉬었다.

면접을 앞두고 서가북스에 대해서 자세히 알아보기 위해서 한미선 작가에게 직접 연락을 했었다.

아쉽게도 한미선 작가 역시 서가북스에 대해서 알고 있는 정보는 거의 없었다.

그렇지만 한미선 작가가 서가북스와 계약을 맺은 1호 작가라는 정보를 알고 난 후, 황만규는 그녀의 처녀작인 '생쥐의 모험'을 일부러 찾아서 읽어 보았다.

이윤석의 표현대로라면 '생쥐의 모험'은 팔리지 않은 망한 작품.

그럼에도 불구하고 서가북스에서 한미선 작가와 계약을 맺었던 데는 어떤 이유가 있을 거라는 생각을 했기 때문이었다.

'만약 한미선 작가의 작품을 읽어 보지 않았다면?'

이미 면접에서 떨어졌을 거란 생각이 들어 황만규의 등줄기로 식은땀이 타고 흘렀을 때였다.

"'생쥐의 모험'이란 작품을 어떻게 활용하는 것이 최선일까요?"

서진우가 두 번째 질문을 던졌다.

그 질문을 받은 황만규가 바로 대답하지 못하고 머뭇거렸다.

'생쥐의 모험'의 활용 방법까지는 고민해 본 적이 없어서였다.

'이미 망한 작품을 대체 어떻게 활용하라는 거야? 에라, 모르겠다!'

잠시 후, 황만규가 될 대로 되란 생각으로 입을 열었다.

"활용 방법에 대해서 말씀드리기 전에… 우선 단행본으로 출간된 '생쥐의 모험'이란 작품이 성공하지 못한 원인을 짚어 보는 것이 중요하다고 판단합니다. 제가 판단하는 '생쥐의 모험'이 실패한 원인은 타깃 공략층을 잘못 잡아서입니다."

"좀 더 자세히 말씀해 보시죠."

"'생쥐의 모험'은 주요 타깃 공략층을 유아로 잡아야 했습니다. 그런데 '생쥐의 모험'을 출판했던 파워챔프 코믹스에서는 타깃 공략층을 초등학생으로 잡았습니다. 저는 그것이 패착이었다고 생각합니다. 이미 자극적인 서사에 익숙해져 있는 초등학생들에게 '생쥐의 모험'은 너무 심심하게 느껴졌을 겁니다. 그래서 재출간을 할 때는 초등학생이 아닌 4세에서 7세까지의 유아로 타깃 공략층을 잡고 홍보해야 한다고 생각합니다. 그리고 극장판 애니메이션으로 제작하는 것도 필요하다고 생각합니다."

"한국에서 극장판 애니메이션 제작이 되는 케이스가 극히 드문 편이라는 것은 알고 있습니까?"

"물론 알고 있습니다."

"그럼 극장판 애니메이션 제작이 드문 편인 이유도 알고 있습니까?"

"네, 수요가 없기 때문입니다."

"수요가 없는데 극장판 애니메이션 제작을 강행하는 것, 무모하다고 생각하지는 않으십니까?"

"저는 무모하다고 생각하지 않습니다."

"이유는요?"

"수요 예측이 잘못됐다고 판단하고 있기 때문입니다."

"……?"

"그동안 극장판 애니메이션의 공급이 없었기 때문에 수요가 없었던 겁니다. 일단 공급을 하고 나면 수요가 발생할 거라고 생각합니다. 그리고… 이미 수요가 존재하는 곳도 있습니다."

"방금 말씀하신 수요가 존재하는 곳이 어디인가요?"

"할리우드입니다. '생쥐의 모험'을 경쟁력 있는 작품으로 제작한다면 극장판 애니메이션 수요가 존재하는 할리우드로 진출해서 성공할 가능성도 충분히 있다고 생각합니다."

'지금… 내가 무슨 헛소리를 지껄이는 거지?'

열변을 토했던 황만규가 자책했다.

서가북스는 신생 출판사.

그런데 '생쥐의 모험'을 극장판 애니메이션으로 제작해서 할리우드로 진출하자는 주장.

뜬구름 잡는 소리처럼 들렸을 가능성이 높았다.

'망했다!'

오랜만에 보는 면접이라 너무 흥분했고, 그로 인해 면접을 망쳤다는 생각이 들어서 황만규의 머릿속이 아득해졌을 때였다.

"라인북스에서 팀장으로 일하실 때, 연봉을 얼마나 받았습니까?"

서진우가 연봉을 물었다.

"삼천이백만 원을 받았습니다."

황만규가 솔직하게 대답하자, 그가 덧붙였다.

"연봉 사천에 편집 팀장 직책이면 만족하시겠습니까?"

서가북스에 채용만 된다면 기존 연봉에서 깎이더라도 무조건 일할 생각이었다.

그런데 서진우는 연봉을 사천만 원씩이나 제시했다.

라인북스에서 편집 팀장으로 일할 때보다 무려 팔백만 원이나 오른 연봉.

출판업계 연봉이 워낙 박한 편이었기에 연봉을 사천만 원씩이나 받는 편집 팀장은 없었다.

그래서 황만규가 재빨리 대답했다.

"당연히 만족합니다."

'내가 진짜 채용된 건가?'

얼떨떨한 기분으로 대답했을 때, 서진우가 덧붙였다.

"같이 할리우드로 진출하시죠."

'뭐래?'

황만규가 황당한 표정을 지은 채 속으로 생각했다.

'이거 진짜… 사기 아냐?'

*　　　　*　　　　*

똑똑.

한숙자가 노크를 한 후, 방문을 열자 책상 앞에 앉아 있는 딸의 뒷모습이 보였다.

"뭐 해?"

평소와 달리 침대에 누워서 빈둥거리지 않고 책상 앞에 앉아 있는 서주연을 발견한 한숙자가 놀란 표정으로 물었다.

"공부해?"

"아니."

"그럼 왜 책상에 앉아 있어?"

"아르바이트 자리 구하려고."

서주연이 고개도 돌리지 않고 대답했다.

"갑자기 무슨 아르바이트야?"

"상황이 달라졌으니까."

"응?"

"아빠 회사 잘렸… 아니, 관뒀으니까 용돈이라도 벌어야지. 그래서 방학 동안 아르바이트나 하려고."

'넌 걱정할 필요 없어'라는 말을 하려던 한숙자가 입을 다물고 대신 짤막한 한숨을 내쉬며 서주연을 바라보았다.

지금껏 철부지라고 여겼던 서주연의 변한 모습이 반갑고 고마운 한편, 짠한 마음이 들기도 했다.

"엄마 좀 나갔다 올게."

"어디 가려고?"

"오늘 동창회 있다고 했잖아."

한숙자가 문을 닫고 집을 나섰다.

"내일부터는 회사에 안 나가."

남편인 서태호가 얼마 전 담담한 목소리로 꺼낸 이야기가 귓가에 되살아났다.

하지만 한숙자는 그 이야기를 듣고 담담할 수 없었다.

집안의 가장인 남편이 실직했는데 어찌 담담할 수 있을까?

세상이 와르르 무너지는 느낌이었다.

"버스 타고 가자."

남편은 앞으로도 어떻게든 생활비를 마련해서 줄 테니 걱정하지 말라고 했다.

또, 진우도 돈 걱정은 하지 말라고 당부했고.

하지만 돈 걱정을 하지 않을 수는 없는 노릇이었다.

'가기 싫다!'

솔직한 내심은 동창회도 참석하고 싶지 않았다.

그러나 한숙자는 동창회 총무를 맡고 있는 데다가 오래전에 잡힌 약속이었기에 차마 빠지겠다는 말이 나오지 않아서 참석하는 것이었다.

"그나저나 밥은 먹고 다니는지 모르겠네."

서태호는 실직했음에도 불구하고, 거의 하루도 빼놓지 않고 밖으로 나갔다.

그동안 집안의 가장으로서 열심히 일했으니 좀 쉬어도 된다고 말했지만, 남편은 말을 듣지 않았다.

보나 마나 새 일자리를 찾기 위해서 동분서주하고 있을 남편이 안쓰럽단 생각이 들어서 한숙자의 눈시울이 붉어졌을 때, 버스가 들어왔다.

열 정거장을 지나친 후, 버스에서 내린 한숙자가 약속 장소인 커피 전문점으로 들어서자, 이미 고교 동창인 이미영과 서금정이 도착해 있었다.

"숙자야, 어서 와."

"너, 왜 이렇게 예뻐졌어?"

반기는 동창들을 향해 다가가던 한숙자가 눈살을 찌푸렸다.

여고 동창 모임 멤버는 원래 자신까지 포함해서 네 명.

그 멤버 중 한 명인 홍미경이 부득이한 사정으로 빠진다고 연락을 했다.

그런데도 커피 전문점에서 자신이 도착하길 기다리는 것은 두 명이 아니라 세 명이었다.

'장… 덕순?'

짙게 화장을 한 불청객의 얼굴을 알아본 한숙자가 눈살을 찌푸렸다.

장덕순과는 고교 시절부터 앙숙이었던 데다가 지금도 껄끄러운 사이였기 때문이었다.

'저 계집애는 왜 온 거야?'

오늘은 한숙자가 아들인 서진우가 한국대학교 법학과에 입학한 것에 대한 축하 턱을 내기로 한 날.

홍미경이 불참한 덕분에 밥값을 좀 아낄 수 있다는 생각에 안도했는데, 예기치 못했던 불청객 장덕순이 모임에 참석해 있었다.

그래서 한숙자가 못마땅한 표정을 짓고 있을 때, 장덕순이 손을 들었다.

"어머, 숙자야. 진짜 오랜만이다."

"그… 래. 오랜만이네. 그런데 덕순이 네가 웬일로 동창 모임에 참석했어?"

"금정이가 오늘 동창 모임 있다고 알려 줬어."

"금정이가?"

한숙자가 고개를 돌리자, 서금정이 미안한 표정으로 시선을 피했다.

"금정이한테 뭐라고 하지 마. 딴에는 네 걱정이 돼서 나한테 연락한 거니까."

"무슨 소리야?"

"네 남편 회사에서 잘렸다면서."

"……"

"그래서 금정이가 네 남편 취업 자리 좀 알아봐 달라고 나한테 전화했던 거야."

'왜 시키지도 않은 일을 해서?'

물론 실직한 남편의 재취업이 시급하기는 했다.

그래서 절친인 서금정에게 먼저 연락해서 넌지시 취업 자리를 알아봐 달라고 부탁하기도 했었고.

그렇지만 앙숙이나 다름없는 장덕순에게까지 남편이 실직했다는 사실을 알리는 것.

한숙자가 원치 않았던 것이었기에 짧막한 한숨을 내쉬었을 때였다.

"오늘 숙자 네가 한턱 쏘는 날이라면서?"

장덕순이 밉살맞게 웃으며 물었다.

"응? 그… 그래."

"뭐 사 줄 건데?"

"근처에 아귀찜……."

한숙자가 아귀찜을 살 계획이라고 밝히려 했지만, 장덕순이 도중에 끼어들었다.

"이 근처에 '풍해'라는 유명한 일식집이 있어. 거기 일식집 주방장 실력이 좋다고 소문이 자자해서 진짜 예약하기 힘든 곳인데, 내가 미리 예약해 놨어."

"뭐? 일식집?"

"그래, 저렴하게 런치 세트로 먹으면 일인당 오만 원 정도밖에 안 나올 거야. 아들이 한국대학교 법학과 입학했는데 이 정도는 쏴야 하는 게 당연한 것 아냐?"

한숙자가 밉살맞기 짝이 없는 장덕순을 노려보았다.

남편이 실직한 판국에 비싼 일식집에서 여고 동창들에게 밥을 산다는 것.

가당치도 않은 일이었다.

그래서 한숙자가 딱 잘라 거절하려 했을 때였다.

"엄마!"

낯익은 목소리가 들려왔다.

"진우야, 네가 여기 웬일이야?"

"근처에 볼일이 있어서 들렀다가 커피 마시려고 들어왔어
요."

"그래? 그럼 어서 커피 마시고……."

"금정 아주머니 아니세요? 저, 진우예요. 기억하시죠?"

집으로 몇 차례 찾아왔던 서금정을 기억하고 있던 진우가
인사했다.

"어머, 진우구나. 당연히 기억하지. 한국대학교 법학과 입학
한 것, 축하해."

"감사합니다. 미영 아주머니도 잘 지내셨죠?"

"그럼 진우 이제 어른 다 됐네. 장가가도 되겠다."

"결혼하려면 아직 멀었습니다. 그런데… 이분은 누구세요?"

진우가 장덕순을 보며 물었다.

"엄마 고등학교 동창인데……."

"장덕순이야."

"서진우입니다."

"개천에서 용 났네."

"……?"

"그런데 이제 곧 군대 가야 하는 것 아냐? 아빠가 회사에서
잘려서 등록금 마련하기도 벅찰 텐데 빨리 군대 가야 하지 않
겠어?"

"장학금 받습니다."

"장학금?"

"제가 공부를 잘하거든요."

진우가 씨익 웃으며 덧붙였다.

"어쨌든 마침 잘됐네요. 엄마 친구분들도 오랜만에 만났으니까 제가 한턱 제대로 쏘겠습니다. 요새 제가 돈을 좀 벌었거든요."

∗   ∗   ∗

"흥, 대학생 주제에 뭘 해서 돈을 벌었단 거야? 보나 마나 싸구려 돼지갈비나 사겠지. 그리고 주제도 모르고 그랜저를 몰아? 어디서 폐차 직전인 중고차 한 대 샀나 보지."

빨간색 소나타 운전대를 잡고 있던 장덕순이 코웃음을 쳤다.

한숙자와는 고교 동창.

원래 앙숙이었던 한숙자와의 관계가 틀어진 결정적인 계기는 서태호였다.

서태호를 먼저 알았던 것도, 또 먼저 좋아했던 것도 장덕순이었다.

그런데 한숙자가 서태호를 가로채 가 버렸다.

그로 인해 장덕순은 한숙자를 오랫동안 원망했다.

간간이 고교 동창들을 만날 때마다 한숙자의 뒷담화를 했었고.

그러던 도중에 서태호가 실직했다는 소식을 서금정에게 전해 듣고 나서 얼마나 기분이 통쾌했던가.

일부러 비싼 명품 가방을 들고 오늘 모임에 나온 것도 한숙자를 괴롭히기 위함이었다.

"왜 호텔로 들어가는 거야?"

한숙자의 아들인 서진우가 운전하는 각그랜저가 오성급 호텔인 인터 콘티넨탈로 들어가는 것을 확인한 장덕순이 눈살을 찌푸렸다.

"길을 잘못 들었나?"

장덕순이 운전대를 꺾어서 인터 콘티넨탈 호텔로 따라 들어갔다.

그런데 한숙자의 예상과 달리 서진우가 운전하는 각그랜저는 돌아 나가지 않았다.

운전석 문을 열고 내린 서진우는 벨보이에게 차 키를 건네고, 뒷좌석 문을 열어서 한숙자가 내리는 것을 도와주었다.

"뭐야? 설마 여기서 밥을 사겠다는 거야?"

장덕순이 크게 당황했다.

비록 서태호보다 인물도 못하고 키도 한참 작았지만, 장덕순이 결혼한 차연동은 능력이 있었다.

국내 굴지의 투자 회사에서 근무하고 있었고, 덕분에 생활에 여유가 있는 편이었다.

그러나 오성급 호텔인 인터 콘티넨탈 호텔 식당에서 식사를 하는 것은 장덕순에게도 부담이 됐다.

그런데 엄마 친구들에게 한턱 쏘겠다고 큰소리를 친 서진우가 인터 콘티넨탈 호텔로 들어가는 것을 확인했는데 어찌 놀라지 않을 수 있을까?

"자장면이라도 사려나 보구나."

호텔 중식당에서 제일 싼 자장면을 살 요량이라고 판단한 장덕순이 서둘러 차를 정문 앞에 세우고 안으로 따라 들어섰다.

*   *   *

인터 콘티넨탈 호텔.

내가 호텔 일식당으로 걸어가자 엄마는 당황한 기색이 역력했다.

"진우야."

"네."

"진짜 여기서 밥을 사려는 거야?"

"엄마, 일식 좋아하시잖아요."

"그렇긴 하지만… 여긴 너무 비싸잖아."

"오랜만에 엄마 친구분들 만났으니까 비싼 밥 드셔도 됩니다."

"그래도……."

"아무 걱정 말고 편히 드세요."

내가 카운터로 다가가서 이름을 밝혔다.

"서진우로 예약했습니다."

"네, 서진우 님 예약 확인했습니다."

직원이 앞장서서 가장 전망이 좋은 창가 쪽 탁자로 안내했다.

"진우야, 여기 비싸 보이는데 정말 여기서 먹어도 괜찮아?"

"그럼요."

서금정과 이미영은 중산층이었다.

그래서 엄마와 비슷한 우려 섞인 반응을 드러냈다.

그리고 메뉴판에 적힌 가격을 확인한 후에는 깜짝 놀라서 입을 다물지 못하고 있었다.

"예약한 대로 음식 내주시면 됩니다."

"알겠습니다."

그사이 난 직원에게 주문을 마쳤다.

"뭘 시킨 거야?"

"진우야, 뭘 시킨 거야?"

엄마와 친구분들이 앞다투어 내가 어떤 음식을 주문했는지 궁금해했다.

내가 주방장 특선 코스 요리로 주문했다고 대답하려고 했지만, 장덕순이 한발 더 빨랐다.

"물어볼 게 뭐 있어? 가장 싼 회덮밥 시켰겠지."

인터 콘티넨탈 호텔 일식당 메뉴 중 가장 싼 회덮밥의 가격은 2만 원.

네 주제에 비싼 요리를 살 수 있을 리가 없지 않겠느냐?

이렇게 깔보는 듯한 시선을 던지고 있는 장덕순에게 살짝 빈정이 상했지만, 엄마와 친구들 앞이라서 꾹 참고 있을 때였다.

"여기 물부터 좀 갖고 와. 제일 싼 메뉴 시켰다고 무시하는 거야? 뭐야?"

교양 없이 앙칼지게 소리친 장덕순이 엄마를 보며 말했다.

"우리 남편이 이번 승진 심사에서 이사로 진급할 것 같아. 네 남편 실직했단 소식 듣고 남편에게 물어봤는데 경비 자리 정도는 주선해 줄 수 있을 것 같아. 경비라도 괜찮으면……."

"그러실 필요 없습니다."

이번엔 내가 장덕순의 말을 도중에 잘랐다.

"아버지 새 일자리 찾으셨습니다."

내 이야기를 들은 엄마가 당황한 표정을 지었다.

"진우야, 그게 무슨 소리야?"

"말 그대로입니다. 아버지 내일부터 출근합니다."

"정말이야?"

"네."

내가 웃으며 대답한 순간이었다.

"흥, 아파트 경비 자리라도 얻었나 보지? 아파트 경비보다는 우리 남편 회사 경비 자리가 더 나을 텐데?"

장덕순이 코웃음을 치며 말했다.

"경비 아니라 대표 되셨는데요."

"뭐?"

"대표 이사 되셨다고요."

놀란 장덕순의 말문이 막혔다.

대신 엄마가 물었다.

"네 아버지가 갑자기 대표 이사가 되다니. 그게 대체 무슨 소리야?"

"출판사 하나 세웠습니다."

"출판사를… 세웠다고?"

"아버지 퇴직금에 제가 이번에 번 돈을 좀 보태서 출판사 하나 세웠습니다. 아, 출판사 이름은 서가북스입니다."

"서가북스?"

엄마가 반신반의하는 표정으로 출판사 이름을 작게 되뇔 때, 내가 장덕순을 바라보며 말했다.

"아까 남편분이 곧 이사로 진급하실 거라고 말씀하셨죠?"

"그래, 그런데 그건 왜 물어?"

"어쩌면 진급이 힘들어질 수도 있을 것 같다는 생각이 들어서요."

"그게 무슨 헛소리야?"

"헛소리 아닙니다. 제가 그렇게 만들 수 있습니다."

내가 싱긋 웃으며 대답하자, 장덕순의 얼굴이 시뻘겋게 달아올랐다.

"이거 완전 미친놈이잖아! 네놈 따위가 어떻게······?"

"두고 보시면 알게 될 겁니다."

"뭐? 이런 미친. 이거 완전 허언증 환자잖아?"

내게 삿대질을 하던 장덕순이 엄마를 노려보며 재차 소리쳤다.

"한숙자, 너 평소에 애 교육을 대체 어떻게 시켰길래 이 모양이야?"

"아주 잘하셨죠."

"뭐?"

"엄마가 절 믿고 잘 키워 주신 덕분에 한국대학교 법학과에 입학할 수 있었으니까요."

너무 분해서일까.

두 주먹을 부들부들 떨던 장덕순이 물컵을 들어서 내게 끼얹었다.

"진우야, 괜찮아?"

"장덕순, 너 이게 무슨 짓이야?"

"미쳤어?"

엄마와 친구들이 장덕순의 돌발 행동에 깜짝 놀랐지만, 난 씨익 웃으며 입을 뗐다.

"방금 하신 행동으로 남편분의 진급 무산이 확정됐습니다. 아니, 어쩌면 실직하게 되실지도 모르겠네요."

　장덕순의 남편은 차연동.

　그의 직장은 하필 '밸류에셋'이었다.

　'지지리 운도 없지!'

　인터 콘티넨탈 호텔로 운전하는 사이, 난 엄마와 금정 아주머니 사이에 오갔던 대화에 귀를 기울였다.

　"덕순이에겐 대체 왜 연락했던 거야?"

　"덕순이 남편이 '밸류에셋'이라고 엄청 큰 투자사 다니잖아. 그래서 진우 아빠 취직 자리를 알아봐 줄 수 있지 않을까 하는 생각이 들어서 연락해 봤던 거야."

　"오늘 모임에도 네가 오라고 했어?"

　"그건 아냐. 내가 초대 안 했어. 그냥 오늘 모임이 있다고만 했어."

　"초대도 안 했는데 왔단 말이지?"

　"그렇다니까. 아무래도 내 생각엔 널 골탕 먹이려고 일부러 찾아온 것 같아."

　"무슨 뜻이야?"

　"오늘 진우가 한국대학교 법학과에 입학한 기념으로 네가 한턱 쏘기로 했다고 말했거든. 그랬더니 모임 장소와 시간을 꼬치꼬치 묻더라고. 그리고 아까 덕순이가 한 이야기 못 들었어? 일부러 비싼 일식집에 미리 예약까지 해 뒀다고 했잖아?"

그 대화를 통해 난 두 가지를 알 수 있었다.

하나는 장덕순이 우리 엄마를 건드렸다는 것이고, 또 하나는 장덕순의 남편이 하필 '밸류에셋'의 직원이라는 점이었다.

"방금 전에 하신 행동으로 남편분의 진급 무산이 확정됐습니다. 아니, 진급이 무산된 것에서 그치지 않고 어쩌면 실직하게 되실지도 모르겠네요."

난 허언을 하는 사람이 아니다. 그리고 내 말이 허언이 아니라는 것을 증명해 주기 위해서 찾아온 것은··· 양미향이었다.

"덕순 씨, 지금 이게 무슨 짓이야?"

인터 콘티넨탈 호텔 일식당으로 찾아온 양미향의 목소리는 북극 빙해처럼 싸늘했다.

'이런 목소리도 내실 줄 아시는구나.'

사윗감으로 점찍었을 정도로 양미향은 내게 큰 호감을 품고 있다.

당연히 나와 대화하는 양미향의 목소리는 다정한 온기가 묻어났다.

그런 내가 장덕순에게 봉변을 당하는 모습을 지켜본 양미향의 목소리는 내가 한 번도 들어 본 적 없었던 차가운 목소리였다.

그리고 목소리만이 아니었다.

장덕순을 질책하듯 노려보는 양미향의 모습에서는 쉽게 범접하기 힘든 위엄과 기품이 묻어났다.

'그래, 이게 사모님이지.'

지금껏 난 양미향을 집에서만 보았다.

그래서 지금껏 전혀 알지 못했던 새로운 모습이었지만, 어쩌면 당연한 일이었다.

그녀는 무려 '밸류에셋' 대표 이사인 채동욱의 부인이었으니까.

"사모님께서는 여기 어쩐 일로……?"

예기치 못했던 양미향의 등장으로 인해 장덕순은 당황한 기색이 역력했다.

그렇지만 양미향은 장덕순을 더 상대하지 않았다.

"서 선생님, 괜찮으세요?"

대신 물세례를 맞은 내게 다가왔다.

"저는 괜찮습니다."

내가 괜찮다고 대답했지만, 양미향의 분노는 가라앉지 않았다. 그리고 분노를 장덕순을 향해 쏟아냈다.

"사라지세요."

"네?"

"덕순 씨는 가치회에서 탈퇴당했다는 뜻이에요."

가치회!

언뜻 듣기에는 군인들의 모임처럼 느껴지는 단체.

하지만 실상은 다르다.

'밸류에셋' 임직원의 부인들이 모여서 친목을 다지고 봉사 활동도 하고 있는 모임이었다.

'밸류에셋' 대표 이사 채동욱의 부인인 양미향은 당연히 가치회의 회장이었고.

그리고 가치회의 회장인 양미향에게서 탈퇴 선고를 받은 장덕순의 낯빛은 창백하게 질려 있었다.

'제일 센 게 치맛바람이니까.'

반쯤 넋이 나가 있던 장덕순이 간신히 정신을 차리고 무릎을 꿇었다.

"사모님, 재고해 주세요."

"재고는 없어요."

"한 번만 기회를 주시면……."

"우리 서 선생님이 어떤 분인지 알아요?"

"……?"

"하긴 모르니까 겁도 없이 이런 만행을 저질렀겠죠. 우리 채 대표님이 가장 아끼는 사람이 바로 서 선생님이에요. 그리고 채 대표님만 서 선생님을 아끼는 게 아니에요. 나 역시 서 선생님을 아주 좋아해요. 어쩌면… 머잖아 한 가족이 될 수도 있고요."

'그건 오버입니다.'

양미향에게 김칫국 드링킹이라고 지적하려다가 그만두었다.

내가 끼어들 분위기가 아닌 것 같아서.

그리고 양미향에게서 내가 얼마나 대단한 사람인지를 전해 들은 장덕순의 낯빛은 백지장처럼 하얗게 질렸다.

'저러다가 기절하는 것 아냐?'

이런 걱정까지 들었을 정도로.

"채 대표님에게 오늘 있었던 일을 모두 말씀드릴 거예요. 그리고 꼴도 보기 싫으니까 빨리 내 눈앞에서 사라지세요."

장덕순은 양미향의 지시를 거역하지 못했다.

휘청.

눈물을 쏟아내며 양미향에게 인사한 후 충격이 큰 듯 비틀거리면서 일식당을 빠져나갔다.

그런 장덕순의 뒷모습이 조금 안쓰럽기는 했다.

하지만 난 이내 마음을 독하게 먹었다.

'그러니까 가족은 건드리지 말았어야지.'

가뜩이나 심란하신 엄마를 건드린 대가를 치르게 만들어준 내가 종업원이 가져다준 수건으로 얼굴을 닦은 후 일어섰다.

"엄마."

"응?"

"인사하세요. 투자회사 '밸류에셋'의 대표 이사인 채동욱 대표님 사모님이세요."

양미향의 신분을 알게 된 엄마가 깜짝 놀라며 인사했다.

"처음 뵙겠습니다. 진우 엄마, 한숙자입니다."

"너무 뵙고 싶었어요. 양미향이라고 해요."

양미향의 태도와 말투.

아까 장덕순을 상대할 때와는 백팔십도 달랐다.

손까지 덥석 잡고는 살갑게 인사하는 양미향으로 인해서 엄마는 당황한 기색이 역력했다.

"서 선생님 어머님은 너무 좋으시겠어요."

"네?"

"이렇게 멋진 아드님을 두셨으니까요. 제가 서 선생님을 정말 좋아한답니다. 그래서 꼭 한번 뵙고 싶었어요. 우리 자주 만나요."

'우리 엄마, 머잖아 사교계에 진출하시겠네.'

내가 싱긋 웃으며 고개를 끄덕였다.

'뭐, 예비 사돈끼리 친하게 지내는 것도 나쁘지 않지!'

퍼뜩 생각했던 내가 황급히 고개를 흔들었다.

'수빈이는 아직 고등학생이다. 정신 차리자, 서진우!'

그때, 종업원이 다가와서 조심스럽게 물었다.

"지금 식사를 준비해도 될까요?"

"네, 빨리 주세요. 배고프네요."

양미향의 부탁으로 인터 콘티넨탈 호텔 일식당 주방장이 특별히 신경 써서 만든 특선 코스 요리가 탁자 위에 올라오기 시작했다.

　　　　　*　　　　*　　　　*

　계산은 양미향이 했다.

　엄마는 계산하겠다고 고집을 피우다가 결제 금액이 60만 원이 넘는다는 것을 알고 난 후 깔끔하게 양미향에게 계산을 양보했다.

　'비싼 밥 얻어먹을 자격은 차고 넘치니까.'

　"사모님, 다음에 꼭 한번 시간 내주세요. 연락드릴게요."

　신신당부하는 양미향과 헤어지고, 내가 운전하는 각그랜저에 오르고 나서야 엄마가 긴 한숨을 내쉬었다.

　"꼭 뭔가에 홀린 것 같아. 아까 그 사모님과는 대체 어떻게 아는 사이야?"

　"그 집 외동딸 과외를 합니다."

　"진우, 네가 과외를 한다고?"

　"네."

　"아! 그래서 진우, 너한테 서 선생님이라고 깍듯하게 대했던 거구나."

　엄마는 비로소 납득한 표정이었다.

　그렇지만 엄마는 아직 아는 것보다 모르는 것이 더 많았다. 그리고 이제 적당한 때가 됐다는 생각이 들어서 내가 과외비에 대해서 알려 주었다.

"천만 원 받습니다."

"과외비로? 아, 일 년에 천만 원씩이나 받아?"

"아니, 달마다요. 과외비가 월에 천만 원입니다."

*　　　　*　　　　*

'예상과 달리 별로 안 놀라시네.'

담담한 표정을 유지하고 있는 엄마의 반응,

내 예상과는 확실히 달랐다.

그로 인해 조금 당황했을 때, 엄마가 말했다.

"진우야, 엄마 놀리면 못써."

"놀린 적 없습니다."

"응?"

"진짜 과외비로 월에 천만 원씩 받습니다."

"정말… 과외비로 월에 천만 원씩 받는다고?"

"네."

"왜……?"

"엄마 아들이 작년 수능 만점자니까요. 그리고 채동욱 대표님은 돈이 많아요."

"잘 안 믿겨."

"그래도 사실입니다."

엄마는 차창 밖으로 시선을 던진 채 골몰히 생각에 잠겼다.

"참, 아까 그 얘기는 뭐야?"

"어떤 이야기요?"

"서가북스란 출판사 말이야."

"아까 말씀드렸던 대로 아버지와 제가 출판사를 하나 세웠습니다. 아버지가 서가북스 대표 이사이시고요."

"그냥 해 본 말이 아니라… 사실이었어?"

"네, 그런데 역시 잘 안 믿기시죠?"

"응."

"곧 믿게 되실 겁니다."

내가 핸들을 틀어서 명운 빌딩 앞에 주차했다.

"엄마, 가시죠."

"또 어딜 가자는 거야?"

"서가북스 서태호 대표님 만나러 가요."

"……?"

"아까부터 기다리고 계시거든요."

엄마의 팔짱을 끼고 이 층으로 올라갔다. 그리고 서가북스 앞에 도착한 후 엄마는 목재로 만든 간판에서 한참 동안 시선을 떼지 못했다

"정말… 이었구나."

"축하드려요."

"뭘 축하한다는 거야?"

"사모님 되신 거요."

축하 인사를 건넨 후 내가 사무실 문을 열었다.

"출판사 사무실이… 원래 이렇게 넓어?"

"규모가 이 정도는 되어야죠."

"그래도 임대료가 너무……."

비싼 임대료에 대한 우려를 표하던 엄마가 도중에 입을 다물었다.

대표실 문이 열리고 사무실로 나오는 양복 입은 아버지의 모습을 발견했기 때문이었다.

"여보, 당신 맞아요?"

"그래."

아버지가 지갑에서 명함을 한 장 꺼내서 내밀었다.

─서가북스 대표 이사 서태호.

그 명함에 적혀 있는 대표 이사라는 직함과 아버지의 이름에서 엄마가 시선을 떼지 못하고 있을 때, 아버지가 말했다.

"이 명함 건네는 것, 처음이야."

"……?"

"당신이 처음으로 명함을 받는 거라고."

뒤늦게 말뜻을 이해한 엄마의 눈시울이 붉어졌다.

"왜 그동안 아무 말도 안 했어요?"

"설레발치는 걸 내가 제일 싫어한다는 것, 당신도 알잖아?

그래서 어느 정도 준비가 끝난 후에 알리려고 했던 거야."

"그래도… 그래도 미리 언질이라도 줬어야지. 난 아무것도 모르고 당신 걱정을 얼마나 했는지 알기나 해?"

"미안해."

"진짜 미워 죽겠어."

팡, 팡.

엄마가 아버지의 가슴을 주먹으로 때렸다.

"명함 구겨져."

그런 엄마에게 아버지가 말했다.

"우리 진우가 만들어 준 귀한 명함이 구겨지면 어떡하려고 그래?"

"명함 제작하는 데 얼마 안 들었습니다."

아버지가 말씀하신 의미.

내가 명함을 제작해서 줬다는 것이 아니었다.

서가북스 대표 이사라는 직함을 내가 만들어 줬다는 뜻이었다.

하지만 괜히 멋쩍은 마음이 들어서 내가 농담을 던졌을 때였다.

"참, 주연이를 깜박하고 있었네."

엄마가 뒤늦게 누나를 떠올렸다.

"왜? 주연이한테 무슨 일 있어?"

"그게 아니라… 당신이 회사 관두고 난 후에 아르바이트를 하려고 하더라고요. 그런데 이제는 아르바이트를 할 필요가 없으니까……."

"엄마, 누나한테는 아직 알리지 마세요."

내가 도중에 끼어들었다.

"왜 주연이한테는 아직 말하지 말라는 거야?"

"괜히 헛바람 들 것 같아서요."

난 아버지와 엄마는 믿는다.

그렇지만 누나는 다르다.

아버지가 서가북스 대표 이사가 됐다는 소식, 그리고 내가 월에 과외비를 천만 원씩이나 받는다는 소식을 듣고 나면 헛바람이 들 가능성이 농후했다.

그래서 누나에게는 아직 알리지 말라고 부탁한 것이고.

"그래, 진우 말이 맞는 것 같아. 그렇게 해."

다행히 아버지도 내 의견에 동조했고, 엄마도 고개를 끄덕였다.

잠시 후, 엄마가 서가북스 사무실을 둘러보며 내게 물었다.

"진우야, 이게 꿈은 아니지?"

"네, 꿈 아닙니다."

"우리 가족은… 이제 어떻게 되는 거니?"

"크게 달라지는 건 없습니다."

"응?"

"아버지의 직장이 삼환공업에서 서가북스로, 그리고 직함이 과장에서 대표 이사로 바뀌었다는 것 외에는 달라진 게 없으니까요. 그냥 앞으로도 지금처럼 열심히 살면 되지 않을까요?"

"듣고 보니 진우 네 말이 맞네."

사람은 변화를 두려워하게 마련.

갑자기 일어난 너무 큰 변화로 인해 두려운 표정을 짓고 있던 엄마는 내 이야기를 듣고서 비로소 안도한 표정을 지었다.

그런 엄마에게 내가 덧붙였다.

"아, 하나 더 달라지는 게 있네요."

"또 뭐가 달라지는데?"

"누나가 아르바이트를 하는 것이요."

*   *   *

'밸류에셋' 본사.

차연동이 보무도 당당하게 복도를 걸었다.

"드디어 나도 기사 딸린 차량을 타게 되는구나."

현재 차연동의 직책은 '밸류에셋' 국내 투자 2팀장.

그리고 '밸류에셋'의 임원이 되면 기사가 딸린 차량이 배정됐다.

게다가 임원들에게는 기사 딸린 차량 외에도 여러 가지 혜택들이 부여됐다.

'밸류에셋'의 임원이 되는 것은 차연동이 입사할 때부터의 목표.

그 목표를 달성하는 것이 거의 눈앞에 다가왔으니 어찌 기쁘지 않을 수 있을까.

자연스레 걸음을 옮기던 차연동의 어깨에 힘이 들어갔다.

또 참아보려고 노력했지만, 자꾸 입꼬리가 실룩였다.

"팀장님, 안녕하세요."

"팀장님, 좋은 하루 되십시오."

사무실로 향하던 도중, 복도에서 마주친 직원들의 인사를 듣던 차연동이 가볍게 고개를 끄덕였다.

'팀장님이라고 불리는 것도 얼마 안 남았구나.'

흐뭇하게 웃던 차연동이 이내 미간을 찡그렸다.

"여보, 아직 나 사랑하지? 무슨 일이 있어도 절대 날 버리지 않을 거지?"

아침에 출근하기 전, 아내인 장덕순이 갑자기 어울리지 않게 교태를 부리며 꺼냈던 말이 떠올랐기 때문이었다.

'또 무슨 사고를 친 것 같은데.'

장덕순은 평소 애교와는 거리가 멀었다.

오히려 무뚝뚝한 편이었다.

그런 그녀가 이렇게 교태를 부리는 경우는 단 하나.

대형 사고를 쳤을 때뿐이었다.

'또… 나 몰래 도박한 것 아냐?'

장덕순이 몰래 도박을 하다가 거액을 날렸던 전적이 있었기에 차연동이 의심하는 사이 사무실이 가까워졌다.

그리고 무심코 사무실로 들어섰던 차연동이 흠칫 놀랐다.

자신의 책상 앞에 팔짱을 낀 채로 서 있는 '밸류에셋' 대표이사 채동욱의 모습을 발견했기 때문이었다.

'대표님께서 왜 우리 팀 사무실에 찾아오신 거지?'

채동욱이 사무실을 방문한 것은 이번이 처음이었다.

그로 인해 의구심을 품었던 차연동의 입이 귀에 걸렸다.

'직접 임원 진급 소식을 전하고 축하를 해 주시기 위해서 찾아오신 거구나.'

그것 외에는 채동욱이 사무실로 찾아와 있는 다른 이유를 찾기 힘들었다.

"대표님, 오셨습니까?"

차연동이 표정 관리에 신경 쓰며 깊숙이 고개를 숙여 인사했을 때였다.

"차연동 팀장, 맞나?"

"네, 대표님."

"자네에게 할 말이 있어서 찾아왔네."

'역시 임원 진급 소식을 직접 전하기 위해서 찾아와 주신 거야!'

서프라이즈 행사를 준비해 준 채동욱에게 차연동이 감동받은 표정을 짓고 있을 때였다.

"팀장직에서 물러나게."

'팀장직에서 물러나라는 것, 대신 이사로 승진하게 된다는 것을 농담처럼 말씀하시는 것이로구나.'

차연동의 생각이 거기까지 미친 순간, 채동욱이 덧붙였다.

"자넨 대리로 직급이 강등될 걸세."

"네?"

"팀장에서 대리로 직급이 강등될 거라고 말했네."

'이게… 대체 무슨 소리야?'

아닌 밤중에 홍두깨라더니 이사로 승진하는 것이 아니라, 대리로 직급이 강등될 거란 채동욱의 이야기를 듣고서 차연동의 머릿속이 아득해졌다.

"왜… 입니까?"

"자네 처가 사고를 쳤기 때문이네."

"어떤 사고를 말씀하시는 겁니까?"

"상습 도박 혐의로 입건됐던 것 말이야."

"……?"

"본인을 비롯한 직계 가족이 회사 이미지에 심각한 해를 끼치는 행위를 했을 경우, 징계를 받는다는 회사 내규 정도는 자네도 팀장이니까 숙지하고 있겠지? 그런데 자넨 처가 상습 도박 혐의로 입건됐다는 사실을 은폐했더군."

채동욱의 이야기는 모두 사실이었다.

아내인 장덕순이 상습 도박 혐의로 입건됐던 것도, 본인을 비롯한 직계 가족이 회사 이미지에 심각한 해를 끼치는 행위를 했을 경우 징계를 받는다는 회사 내규를 숙지하고 있는 것도, 또 장덕순이 상습 도박 혐의로 경찰에 입건되어 재판 끝에 벌금형 처분을 받았던 것을 은폐한 것까지도.

'어떻게 아신 거지?'

들키지 않고 잘 넘어갔다고 생각했었는데.

장덕순이 상습 도박 혐의로 입건됐다는 사실을 채동욱이 알고 있다는 것으로 인해 차연동이 크게 당황하며 서둘러 입을 뗐다.

"대표님, 그 일은 이미 오래전 일입니다."

"오래전 일이라고 해서 없던 일이 되는 건 아니지 않은가?"

"다시는… 다시는 같은 일이 반복되지 않을 테니 이번 한 번만 선처해 주시면……."

"수신제가 치국평천하!"

"……?"

"자기 가족 단속도 못 하는 사람에게 우리 회사 임원이란 중책을 맡길 수는 없는 것 아닌가?"

"분명히 두 번 다시는 도박을 안 하겠다고 제게 약조를 했습……."

서둘러 대답하던 차연동이 도중에 입을 다물었다.

아침에 교태를 부리던 장덕순의 모습이 퍼뜩 떠올라서였다.

'혹시⋯⋯?'

그로 인해 차연동의 불안감이 극에 달했을 때였다.

"보아하니 아직 모르는 것 같군."

"무엇을 말씀하시는지⋯⋯?"

"상습 도박 혐의로 처분을 받은 것이 다가 아닐세."

"⋯⋯?"

"자네 처는 절대 건드려서는 안 될 사람을 건드렸네."

'절대 건드려서는 안 될 사람? 그게 대체 누구지?'

차연동의 눈동자가 초점을 잃고 흔들리고 있을 때, 채동욱이 덧붙였다.

"궁금한가 보군."

"⋯⋯?"

"자네 처에게 직접 물어보게."

＊　　　　＊　　　　＊

'냄새 좋네.'

바삭하게 구워진 오리구이 냄새가 식욕을 돋웠다.

여느 때처럼 식탁 다리가 부러지는 게 아닐까 하는 우려가 들 정도로 양미향은 식탁 위에 음식을 잔뜩 준비한 채 날 기다리고 있었다.

"서 선생님, 고생하셨어요."

"서 선생, 어서 앉게."

일찍 퇴근해서 나와 반주를 하려고 식탁 앞에 앉아서 기다리던 채동욱이 어서 자리에 앉으라고 재촉했다.

그렇지만 난 바로 자리에 앉지 않고 양미향에게 감사 인사부터 건넸다.

"사모님, 지난번에는 감사했습니다."

"어머, 내가 한 게 뭐가 있다고 인사를 하고 그래요?"

"완전 멋있었습니다."

"네?"

"그날 사모님이 보여 주신 모습, 정말 멋있었습니다."

"어머, 서 선생님한테 이렇게 칭찬을 들으니 몸 둘 바를 모르겠네요. 호호."

양미향이 손으로 입을 가리고 웃었다.

그런 그녀의 앞으로 내가 미리 준비해 온 꽃다발을 건넸다.

"이거 받으십시오."

"어머, 생일도 아닌데 갑자기 웬 꽃이에요?"

"그날 일에 대한 감사의 의미로 드리는 작은 선물입니다."

『회귀자와 함께 살아가는 법』 6권에 계속…